창세
김학중 시집

문학동네시인선 093 김학중

창세

시인의 말

어떤 수식어도 허락되지 않은 채 삶이 남겨졌다
뭐라고 말해야 할지 모르겠다는 생각으로 오래 걸어야 했다
어느 날 멈춰보니 중앙 우체국이 있는 거리에 서 있었다
그때 누구의 것도 될 수 없는 나의 삶이
나를 두드렸다
이것으로 무엇을 하지 질문했다

질문을 하니 용기가 생겼다
그리고 시를 써나갔다

삶이 스스로의 삶을 두드리던 그 힘을 위하여
산다는 것이 창세인 시대를 위하여
아무런 선언 없이 선언을 완성하는 언어를 위하여
이것들이 다만 시작으로 무너질지라도. 괜찮다

시를 믿는다
시를 믿는다

그 거리
탄흔을 품은 중앙 우체국의 기둥은
아직 굳건하게 서 있다.

2017년 4월
김학중

차례

1부

벽화

1

눈먼 자가 처음 그 벽에 부딪쳤을 때 벽이 거기 있다는 그의 말을 아무도 믿어주지 않았다. 사람들이 벽을 발견하게 된 것은 눈먼 자가 자신의 몸을 뜯어 그린 벽화를 보고 나서였다.

2

벽화는 아름다웠다. 거친 손놀림이 지나간 자리는

벽의 안과 밖을 꿰매놓은 듯했고 스스로 빛을 내듯 현란했다. 색색의 실타래들이 서로 몸을 섞어 꿈틀대는 그림은 벽에서 뛰쳐나가려는 심장 같았다. 그 아름다움은

벽의 것인지 벽화의 것인지 분명하지 않았다. 벽화를 본 사람들은 구토와 현기증을 호소했다. 그들은 벽에 대해 말하기 시작했고, 환희인지 고통인지 알 수 없는 감각을 느끼며 벽화를 벽에서 뜯어내기 시작했다. 벽화가 부서지고 있었다. 벽 앞에 모여든 사람들이 무너지고 있었다.

3

벽화의 잔해를 손에 쥐고 나서야 사람들은 거기 벽이 있었음을 알았다. 벽화를 그린 자에 대해서는 아무도 묻지 않았다. 단지 그들은 그자를 눈먼 자라고 부르기 시작했다. 그를 부를 이름을 찾지 못한 사람들이 붙인

이름 아닌 이름   —

벽을 나누어 가지고도
벽을 볼 수 없었던 자들은 흩어지며
그 이름만을 나누어 갔다.

—

천적

폐차장에 들어선 차들은
죽음에 이르러서 자신의 천적을 알게 된다고 해요
차를 부숴본 사람들만이 아는 비밀을
살짝 알려드릴게요. 앞유리를 부수고
보닛을 찌그러뜨릴 때쯤이면
태어나 그처럼 맞아본 적 없는 차들은
백미러를 보며 길을 그리워한대요
길이 방목해 키우던 그 시절
세상 그 어디에라도 달려갈 수 있을 것 같던 그때를
회상에 빠진 헤드라이트가 그렁거리는 순간
차의 숨통을 끊어주는 게 폐차장에서 하는 일이래요
그러면 찌그러진 차체에 천적의 무늬가 떠오른대요
길의 무늬가 소름 돋듯이 뜬대요
계기판의 주행거리가 단지
오랫동안 길에게 쫓겼다는 증거였던 거죠
질주를 충동질하는 길이
후미등을 흉내낸
빨간 신호등으로 자신을 길들여왔던 거죠
먹지도 못하는 깡통을 만들어내는 천적 따위는
천적 축에 못 낄지도 모르지요
하지만 폐차를 해본 사람은 잊지 않는대요
언제나 길은 제 위를 달릴 새 차가 필요하단 걸 말이에요

은밀한 포식을 즐기고 있는 아스팔트 도로
그 혓바닥 위로 당신도 막 발걸음을 옮기고 있군요.

잠의 화원

꽃들은 재방송을 보며 졸고 있었다
문을 열고 누군가 들어서도 아무도 깨지 않았다
주인은 꽃들이 흘리는 잠꼬대의 향기에 취해
꽃들보다 더 깊이 잠들어 있었다. 손님 몇이
맙소사! 하고 발길을 돌렸다. 나는 맙소사는
신의 이름을 호명하는 일이라고 나직이
농담을 해보았지만 점점 깊어가는 잠에 취한
꽃들은 꽃잎이 더 벙그러졌다
나는 꽃다발을 선물로 사기 위해
꽃들의 잠과 함께 머물러야 했다
천장의 형광등은 새것이라 밝았지만
거짓말처럼 눈을 뜨고 자고 있었다
꽃병들 옆에 고요히 꽂혀 있는 햇살을 보니
지구의 자전을 보고 있느라 지루해진 태양도
빛줄기를 흘리며 잠들어 있는 게 틀림없었다
옆집 빵가게에서 풍겨오는 빵냄새에
구름이 부풀고 가로수들은 하품을 하느라
기지개를 켰다가 그대로 멈춰 있었다
기다리는 동안 장미꽃이 아니라
꽃들의 잠을 선물할 수 있으면 좋겠다고 생각했다
선물할 수 없는 것들을 준 꽃집에서
광막하게 넓어져가는 작은 잠들의 화원에서
꽃들의 잠과 깨어나지 않는 주인의 친구가 되어갔다

끝내 지갑을 꺼내지는 못하였다.　　　　　　　　　—

강을 굽다

힘차다
빛을 받은 물비늘 너머로 희미하게
조약돌이 보일 듯 깊지도 얕지도 않은 강
물살은 방금 방생한 치어처럼 가쁘게
그 모가지를 확 잡아챈 병목 아래에서
선 채로 바둥거리는 강. 누군가
강을 구웠다. 가마 안의 열기만으로
강물을 붙잡았을까. 모를 일이다
물레 위에서 물결 안에
내면을 만들어내는 사람의 손을
미끈거리는 날것을 붙잡으려 할수록
자꾸 새어나갔을 물결. 손가락 사이에서
격한 물소리가 났을 것이다. 그 소리에
베었을 것이다. 대지가
끌어안고 있는 강을 구우려 하다니
태초부터의 불경을 잇고 있는 자여
물소리에 베인 손가락은 물결의 내면에
가라앉았을까. 도자기가 순간 웅크린다
살의를 가진 짐승처럼 노려보는 강
누군가 흐르는 강을 구웠다. 그는 없고
도자기 하나만이 남아 있다. 그 아래
병을 떠받치고 있는 손이 있다
유약이 잘 발린 손이 있다

강이 천천히 굽이친다.   —

선사

1
소리가 쌓여 한 송이 꽃으로 피었다

2
꽃은 얼핏 악기의 모습이지만
고대로부터 소리를 모으는 귀
소리가 모이면
소리의 주름을 접어
꽃잎을 만들고
리듬의 빛깔로 물들이지
꽃까지 달려온 소리들은
날갯짓들이어서
목소리가 없는 꽃은 향기에 날개를 달아본다네
소리의 발에 꽃가루를 묻혀본다네
가만히

3
꽃의 이름을 부르네
꽃은 언어 이전의 소리를 듣는 귀
차별 없이 모든 소리를 듣지만
제 이름을 불러도 모르네
말하지 않고 피는 꽃
아름다움에 이름을 붙일 수 있다면

그게 꽃의 이름일 수 있을까
모르겠네. 꽃 하나의 이름이
온 세계의 언어만큼 있다는 건
꽃이 인간에게 준 선물
혹시 음악을 함께 듣는다면
본명을 알려줄까. 알 수 없지만
나는 꽃의 이름을 노래해보네

꽃은 제 이름을 듣느라
이름이 없네.

우주의 숲

초겨울 밤하늘 오래 올려다보면 우주의 나이테가 보인다

태초에 신이 나무 몇 그루 베어 우주를 만들었다. 베어진 나무의 수관에서 터져나온 물빛이 별이 되고 지금도 여기까지 흘러오는 것이리라. 나이테 하나 늘려갈 때마다 그 폭만큼 어둠을 품고 깊어진 나무의 나이를 걸고 신은 우주를 창조했으리라

목숨이 베어진 자리에서 다시 목숨이 태어나는 숲
목숨이 자라는 숲

새들이 이 땅의 나뭇등걸 위를 날듯이 하늘의 나뭇등걸 위를 날아간다
별들이 추위를 뚫고 이 땅의 나무 잎사귀에 도착한다
품어온 비밀을 알려주려는 것처럼 작은 원을 그리며 깃든다
나무들의 우주를 바라보는 곳은
여기만은 아니라고
오래 하늘을 올려다본 눈처럼 깜빡이는 별들

둥글어지는 어둠을 안으며
조금씩 지워지며 자라는
우주의 숲

우주 속의 숲.

우리가 아름다움이라 부르는 입들

젖을 물리고 있는 태양
입술 안쪽에서는 무엇이 보일까
우주가 달려오다가 멈춘 하늘
구름의 웅얼거림. 세계는 아직
혀를 움직이지 못하고 있어
산등성이를 돌아 바람이 불어
뼈가 없는 것들을 위하여
깊게 빨아들이는 힘, 나뭇잎의 허기는
소리를 가지지 못해 자꾸 귀를 만지지
한쪽 귀가 닳아 낡아버린 풍경들은 어느새
바닥에 쏟아져 흩어진 사진들처럼
겹쳐져 있어. 다른 시간 사이를 날아다닌
날갯짓일지도 모르겠어
나뭇가지나 전봇대에 앉지도 못하고
떠 있는 것들은 얼마나 가벼운 걸까
죽은 자를 불태우는 굴뚝 끝에서 피어오르는
연기는 점점 단단한 기둥을 세우고
떠도는 것들은 뼛가루처럼 뿌옇게 기둥에 달라붙지
아직도 젖을 물리고 있는 태양
입술 안쪽은 갇혀가는 천공이야
호흡하는 것들의 굶주림은
붉게 물들어갈수록 쉽게 잊히지
여기에 버려지는 것은 먹고 버린 잔해뿐

잔해들에 남은 식욕의 잇자국뿐
가을이 오면 벗어버릴 수 있을까
단풍잎처럼 떨어뜨릴 수 있을까
우리가 아름다움이라 부르는 입들.

괴물

물결이 막을 올리고 내리는
여기는 괴물이 살고 있다는 전설의 호수
누군가는 보았다고 하고 누군가는 그런 것은
없다고 한다. 지금 막 그리고 여기에
괴물을 찾아 나는 왔다. 물결 위에서만
모습을 드러냈던 그 괴물을 찾아

안개 낀 호수에 서서 물결에 귀를 맡긴다
눈을 감으면 물 위의 무대에서
소리가 몸을 이끌고 고개를 내밀었다. 물결의
춤추는 발소리가 물가의 자갈을 간질이고
발소리를 따라 고개를 들었다 숙인다
물결의 몸짓
몸짓이 연 파문이 감고 있는 눈을 만지고 간다

나는 내 눈의 어둠에서 괴물을 보았다

물보라를 일으키는 물결의 혀
소리의 몸이 부르는 노래 속에서 흔들리는 괴물
그 노래 속에서 잠들고 깨어나는 괴물
지금 막 그리고 여기에
이 시대의 노래가 아닌
이빨 뽑힌 웅얼거림에 안겨 흔들린다

오래된 자장가의 구절인 여기의 물결

지나간 것들아 잠들—
어라 귀기울여 잠—
들어라

막이 내리고 잔잔해진 호수는
괴물의 몸짓이 남긴 흔적을 거두어들였다
눈을 떠보니 발아래 굵은
나뭇가지 하나가 떠내려와 있었다

괴물은 오래되고 몸집이 큰
이름 없는 종을 일컫는 말이 아니다.

임시 승강장

임시 승강장 끝자락
한 노인이 쭈그려 손톱을 깎고 있다
무심하게 먹구름 끼는 하늘
햇빛은 흰 지팡이. 툭툭
몇 군데 짚어보다
노인의 이마 위에서 바늘 되어
주름 한 올 한 올 뜨개질한다
장난스러운 손놀림으로 지은 뜨개는, 꼭
역을 닮았다. 순간 역의 양쪽으로
열차들이 들어왔다 나간다
엉망진창으로 역을 꿰매놓은 발자국들
사이로 노인은 사라졌다
가만히 있어 좀체 변하지 않는 것들
참 오랫동안 낡고 낡았다. 깎인 손톱처럼
하루가 가고 있다. 가는 빗낱들이
주름으로 지어진 역을 적시고 채색한다
또다른 열차가 도착하고
역 위로 헝클어지는 발자국들이
슬그머니, 역 이름을 적어놓고 갔다.

강변 주차장

그날은 견인되어 온 차도 없었다. 강변 주차장 휑하니 남은 건, 주인 없는 차들뿐이었다. 밤이 되자 언 강 위로 눈이 내렸다. 강변도로에는 속도를 잃은 차들이 고요 속으로 들어가고 가로등 불빛은 길을 넓히는 적막에 발이 푹푹 빠지고 있었다. 소리들의 결빙은 점점 언 강의 무늬를 닮아갔다. 철제 경비실 밖 갑작스런 경적 소리, 결빙된 소리들 순식간에 깨져나갔다. 일주일째 방치된 차 얼다얼다 혼자 울었다. 차창을 부수고 얼어붙은 경적을 뜯어냈다. 깨진 유리처럼 눈 내리고 짧은 호각 소리 설원으로 이울어갔다. 그제야 바람 속에서 눈 내리는 소리가 들렸다. 차들이 백미러를 쫑긋대는 소리가 들렸다. 그날부터 이명은 혼자 힘으로 울던 경적 소리를 자꾸 견인해왔다. 눈 덮인 강변 주차장으로 날 견인해갔다.

동전 분수대

동네에 분수대가 생기자
소원을 빌러 사람들이 찾아왔다
어느 날 아침 한 사내가 생수통 하나 가득
채운 동전을 가지고 분수대를 찾아왔다
그는 분수대에 동전을 묵묵히 던져넣었다
소원이 아니라 하루를 던져넣기 위해 온
그가 가져온 동전들은 처음 보는 외국 동전들이었다
버스 회사 오 년. 누군가
무임승차 때 넣은 외국 동전들을 모으며 버티던 날들
돌아갈 곳이 없는 자들의 기념물인
동전들은 퐁퐁 소리를 내며 분수대에 안긴다
바닥의 동전들은 환전해주지 않아 버려진 동전들과
서로 몸을 포갠다. 분수대에서
하얗게 떨어지는 물방울은 물소리로
동전들을 닦아준다
연인들 몇몇이 소원을 빌고 가고
나무들은 잎사귀를 던져넣으며 내년 봄을 기원했다
분수대는 소원을 들어주지 않았지만
누구도 고장난 자판기 대하듯 발로 차지는 않았다
지갑을 잃어버린 사람이 차비를 빌려갔다
굶주린 사람은 한끼 식사를 위해 동전을 건져갔다
분수대는 말없이 그들의 손을 씻어주었다
젖어도 찢어지지 않는 동전처럼

단단한 소원들을 혼자서만 기록하고 있었다
늦은 밤, 청소부들은 거름으로 팔 낙엽을 쓸어 담고
노인들은 자루에 신문을 주워 돌아갔다
분수는 멈추고 공원엔 작은 가로등 한 개 빛났다
남겨진 동전들은 빛을 받는 행성처럼 빛을 냈고
희미한 물빛이 밤하늘로 솟아올랐다
그때까지 돌아가지 못한
사내의 눈가를 몰래 닦아주고 있었다.

저니맨

그는 유망주였다
공을 쥘 때마다
세계의 심장을 움켜쥐고 있다고 느꼈다
심장이 담장을 넘어갈 때마다
모자를 고쳐 썼다
자신의 삶이 실점에 대한 기록임을 지켜봐야 했지만
그는 끝까지 배트를 잡지 않았다
—누구도 자신을 위해 타석에 설 수 없다고 낮게 얘기했
을 뿐—
그리고 긴 여행은 시작되었다

그는 이제 큼직한 여행 가방을 끌고
플랫폼에 서 있다
불쑥 내뱉고 싶던 말처럼
가방의 터진 겉감 사이로 안감이 비집고 나와 있다
그 안에 그의 여행이 온전히 담겨 있다
언제부터 입기 시작했는지 알 수 없는
바지 몇 벌과 셔츠 몇 벌
유니폼만이 새것인 채로 매번 바뀌었다
그의 짐은 매일 다시 첫 장부터 쓴 낡은 일기장
몇 장을 뜯어냈는지 알 수 없는 일생

자신을 짐으로 쌀 수 있다는 것이 위안인 그가

지금 플랫폼에 서 있다
열차가 들어오면 그는 곧 떠나야 한다
한 손은 여전히 공을 쥐고 있는 듯 둥글지만
그는 곧 가방을 잡기 위해 손을 펴겠지
공 하나를 세계의 심장이라고 믿던
그는 익숙한 듯 모자를 고쳐 쓰고는
열차가 멈추는 소리를 듣는다
세계를 주무를 수 없는 그의 손은
이제 온전히 자신을 쥐고
문이 열리는 열차로 들어설 것이다

가방의 무게에 그의 팔이 살짝 떨리는 것이 보인다.

홈 스틸

오늘 하루도 공쳤다. 내가 오늘 한 일이라고는 '타석은 모든 침대와 관의 이데아'란 쓸데없는 문장 한 줄을 쓴 것뿐이었다. 내일 낼 월세가 없었다. 집이 나를 훔치고 있었다

모든 것이 외야(外野)에 있었다
바람을 맞으며 서 있던 공사장의 외야
집을 만들며 피운 담배 연기에선 읽을 수 없는 사인이 흘러나왔다
집을 만들어도 집을 살 수 없었다. 차례가 오면
타석에 서서 방망이를 흔들며 집을 쳤다

처음 타자가 되겠다고 했을 때
감독은 어엿한 사회인 야구 선수가 된 것이라며 축사를 해주었지만 야구가 사회인 걸 나는 이미 알고 있었다
집을 짓고 야구를 하는 것은 모두
팀이 하는 거야. 넌 그냥 시키는 대로만 하라고
꿈은?

홈 스틸입니다. 감독은 어이가 없다는 듯 입을 비틀어 웃었다

치고 달리는 게 야구의 기본이야
공을 끝까지 보라고

리그는 지구가 결정되면 새롭게 열렸다

집값이 뛸 때마다 사람들은 집을 향해 달렸다. 홈으로 뛰어. 돌아 돌아. 손짓을 하는 코치들의 지시에 따라. 그게 리그였다. 게임의 규칙을 모르는 사람은 없었다. 점수가 올라가는 것보다 빠르게 집값이 올라갔다. 홈은 어디에나 있었지만 그걸 집이라고 부를 수는 없었다

아웃! 나가라고

저는 분명히 홈을 밟았다고요. 여긴 내 집이라고요

무슨 소리야! 당신. 집이란 건 매번 새로 지어지는 거야. 어서 나가지 못해. 나가서

공을 치라고. 집을 향해 뛰란 말이야. 한 회가 끝나면 다시 집을 향해서 뛰어야 된다고

누구나 리그에 나설 때 그런 말을 들었을 것이다

집이 나를 훔쳐가기 시작한 그날부터 내 꿈은 홈 스틸이었다. 꿈을 말할 때마다 사람들은 홈 스틸은 리그 역사상 일어난 적이 없다고 너는 정말 야구를 모른다고 말하곤 했다. 내 인생은 무관심 도루중이었다. 기록에도 없는 삶을 사는 것, 그게 무관심 도루였다. 모든 것이 외야에 있는 이 세계. 거대한 볼 파크에 서서 나는 수많은 마천루에게 1루와 2루 그리고 3루의 이름을 부여했다. 루에게 집의 이름을 부여하지는 않았다. 나는 손을 올리며 홈, 아웃을 외쳤다. 야구에

― 는 없는 말을 크게 외쳤다

　그래도 경기는 뛰어야 했다. 경기를 뛸 때마다 집이 더 많이 나를 훔쳐갔다. 나는 타석만한 방에 누워 야구를 생각했다. 타석 바로 옆에 홈이 있는 야구의 신비에 대해, 결코 가까워지지 않는 집에 대해. 집이 나를 훔쳐가고 있는 날들에 대해 생각했다. 그러고 보니 심판은 어디 있는걸까?

　공을 끝까지 보라고
　치고 달리는 게 야구의 기본이야
　이제는 공만 아니라 사람도 칠 수 있겠지?

　공사장에서 공이 날아오고 있었다
　포수가 손가락으로 총 모양을 만들어 나를 겨냥했다
　서 있는 곳이 타석이 되는 여기

　볼 파크에는 홈이 없었다.

―

예언자 1

1
그는 눈물을 흘리는 줄 알았네
매일 눈물을 흘리는 줄 알았네
그가 길에 누워 잠들 때
이제 떠돌 곳마저 사라졌다고 생각했으므로
그러나 그의 눈은 눈물을 흘리고 있지 않았네
그저 반쯤 멀었을 뿐

2
반쯤
먼눈으로 세계를 보는 시간
먼 것들이 가까이에 모여
눈을 쓰다듬네
선명했던 것들이 서로 기대어
흔들리네
흔들려 흐릿하네

기억하지 못할 것만 같은 기억에서
그는 그렇게 신비롭던 세계를 기억해냈네
처음 바닥에 누웠을 때
보았던 세계
아기의 눈으로 보았던
뿌연 세계

부서진 형상들이라고 놀라
자지러졌던 그때
아기의 눈 속에서 부서져 있던 세계
눈을 감듯이
안겼던 품
그때 쥐었던 손

다시 손을 쥐어보네

3
눈은 입이 되고

비어 있는 입
말들이 입속에 젖어
질척이며 하늘을 보네
그는 그 말을 삼키네
남기지 않는 비명이 그의 예언이므로
거기 언제나 있었던 사물처럼 있네
길에 놓인 예언을 지나쳐가는 사람들
눈이 멀어가는 줄 알았네
행인들의 발소리에 흘러내리는
눈물은 눈이 멀어
그들을 쓰다듬고 쓰다듬었네

처음 안아주었던 사람의 손처럼　　　　　—

예언자 2

바람은 가사를 잊은 채 노래를 시작하네
누군가에게 빌려오고 싶은 것들의 손을 모아
밖은 어디로 이어지는지 물어볼래. 그대로인 채
세계가 미끄러져나오던 날의 소리를 불러와
바람이 새들의 날개를 갈아타고 하늘을 오르면
온 대지가 무대였다지. 언제인 듯
언제라도 조금 높이에서 모이면 웅성였지
물 위를 날아가며 날씨들에게 조금 있어보라고 했던가
누가 듣기나 할까 궁금한 소리의 예언을
그것은 아무 노래도 아니고
아무것도 아닌 사물을 만지는 메아리
아무도 아닌 자*의 이름. 살아 있다는
이름. 누구도 기록하지 않을 거야
여기 먼저 와 있던 소리의 광대함을
춤은 밖의 발들이 밟아가는 길의 몸짓
몸짓을 채우는 길고긴 숨결
숨결이 숨결을 지우고 지나면 세대가 간다고
늘 여기여서 말할 수 없었던 것들에게
아무도 듣지 못한 예언을 불러오는
바람이 부는 어느 무대

한창 연주중인 밴드의 음악 속에서 서서
노래하지 않는 가수가 있어

무대는 조명에도 어두워져가고
청중들은 듣지 못한 노래를
아직 기다리며 바람 속으로 지는 음악에 젖네.

* 파울 첼란의 「찬미가」에서 빌려왔다.

예언자 3

길 위에 놓인 돌
차일 때마다 기억은 부서지고
빛과 어둠의 경계를 건너는 소리는, 먼
그의 눈을 두드려 눈동자가 까마득하게
흔들리는

북이 울리는 곳

먼눈의 안에서 열어보는
밖의 세계

발길에 채이는 그는
돌에게 미래를 들었다
손에 돌을 쥐고
두드리는 허공
누가 듣기는 했을까
누구에게도 건네지 못하는 예언
바람이 세계에 갇힌 채 어두워지는
시간의 한 귀퉁이

읽을 수 있는 것은 예언이 아니려니

시간이 죽음을 배웠다는 것은

돌이 밝힌 비밀
눈이 어둠을 볼 수 있다는 건
먼눈이 밝힌 비밀

손끝으로 읽는
눈들은 어디로 우는 걸까
손가락들이 돌을 두드린다
작은 소리를 낸다
눈이 입을 낸다
그 입에서 소리가 흘러내린다
소리의 발이
사물의 번역자가 되는 밤
길에 놓인 그의 몸안에
돌의 고요가 발자국을 낸다.

예언자 4

나를 좀 가려줄래
아무도 없는 말들의 잎사귀들
숨쉬는 정원의 작은 손바닥들
가위로 잘라낸 가지들이
누구의 말일까 너의 말일까
속삭이는 것들은 떨어지고
밖이 어디인지 몰라서 그래
누군가 부른 나무들의 벽은 자라고 자라
옷을 갈아입는 여인들을 가려줄 만큼
단단히 서는 가지의 눈
안으로 안으로만 웅얼거리는 눈을
좀 가려줄래
너의 예언으로
이 세계를 잃어버리고 싶어
벽들이 둘러진 이 미로에 마주서서
이름을 잃을 손목들이 짠 카펫을 펼치면 될까
벽이 가려지면 남겨진 정원이 열리고
네가 불러낸 예언들이 거기서 숲과 열매가 되어
서서 잠들어야 했던 시간을 향기롭게 만들 수 있을까
내가 잃어버린 세계로
너를 안아 가릴 수 있을까
밖이 어딘지 아는 예언이 숨은
숨쉬고 숨쉬어 엮는

한번은 손안에 있던 세계
펼치면 바람에 펄럭이는 잎들의 정원.

예언자 5
―불의 돛

불은 기억이 없다
불타는 것은
잃어버린 것이 없다
시간을 태우는 대기여
네가 펼치는 것은 너의 몸이냐
너의 현재를 항해하는 것은 누구의 몸이냐
아이야 너는 낳을 수 있느냐
이 세계는 일찍 성취되는 것을 위해
연기를 태운다. 그러나 불이여
연기 없이 타올라라

불의 돛이 펼쳐진다
목숨이 동요하며 내뿜는 살들
빛나는 아이야 불이야
아무도 믿지 않는 멸망에게 계명을 부여하라
이것은 모두에게 평등하도록
세계가 버린 것들이 모아둔 바람의 연기를 지워라
미래여. 너는 자취 없이 도래하는 불
너를 살도록 하기 위해 버림받은 것은
항상 오늘이 아니라 여기였으니
그날로 오라
그날로 견디라

견디는 것은
눈을 뜬다
누구의 약속도 아니었지만
눈이 너의 이름을 말한다
타오르는 이름을 불로 부른다

너의 손으로
저물어도 말을 먹이고 입혀 걷게 하라
오라 하라
오게 하라

불의 돛이 항해하는 바다

불이 잃은 것은 아무것도 없다
이미 모든 것을 잃어서 밝은
아이의 배

불의 돛이 배를 끌어안는다
어둠을 꿰뚫으며 태어난다

기억이 없이
오는 것은 말이 없다.

연인들

그녀에 대해 말할 때
그녀는 고개를 젓는다
그에 대해 말할 때, 그는
아니라고 소리를 질렀다 서로의 이름을
거칠게 불렀고 무언가를 확인하려는 듯 손을 뻗었다
—아니라고 할 때만 왜 우린 연인인가—
그 사이로 작은 테이블이
점점 팽창하는 우주를 불러낸다 공기 속으로
가물어가는 시간은 어느덧 어두워진다 옆자리에
낯선 사람들의 웅성임이 앉았다 떠나곤 했다
카페테라스의 흔들리는 촛불
곁에서 빛나는 것만이 우리를 일그러뜨린다

입 밖으로 나오려는 말들은
서로의 동공(同空) 속에서 빠져나오지 못하고
진흙 덩이를 쥐듯
말하지 못한 것을 쥔 채
초대하지 못할 얼굴을 바라보다가
뭉그러진 제 얼굴을 만져본다
한 번도 이별해본 적 없는 얼굴
반쯤 비어 있는

얼굴이 운다

만져지지 않는 울음을 서로의 흐려진 눈으로 더듬는다
처음으로 서로에 대해 고개를 끄덕였다
포개어졌다가 떨어지는 일그러진 얼굴들
그러고는 조금씩 지워진 것을 나누었다.

가족들은 뷔페를 먹는다

가족들은 뷔페를 먹고
비워진 접시들은 대화를 한다
음식 찌꺼기와 얼룩들로 보내는
접시와 접시 사이의 친밀한 신호들
그 사이 가족들은 서로의
위치를 확인한다. 그것은 말로 하는 가장
기본적인 일. 똑같은 모양의 접시들은
가족보다 더 가족 같아서
뷔페의 직원들은 가족들이 불편하지 않도록
빈 접시들을 치워간다
접시들은 서로의 얼룩을 껴안으며
포개진다. 가족들은 각각
테이블에서 일어나
새로운 접시를 찾아 들고
자리에 앉아 담아온 음식을 먹는다
오랜만에 만나는 가족들은
점점 빨리 접시를 비우고
서로의 눈에서 서로를 비운다
뷔페의 다양한 음식을 찾는 가족들은.

손

단말기에 매달려가는 손
정거장도 없는 손
이제는 내가 너를 잡을 수도 없네
내 몸에서 빠르게 빠져나가는 너는
말도 없이 내리고
어디 둘 곳도 없이 나는

그늘의 무게를 입다

수많은 무늬들이 다 떠나고 나서야
떠오른 민무늬
그것이 도예가들이 마지막으로 찾은 무늬였다

그릇을 만드는 사람은
그릇 안에 먼저 그늘을 담아야 한다고 했다
그릇에 깃든 그늘의 무게를
손으로 잴 수 있어야 한다고 했다
그녀는 그릇을 빚으며 그늘을 천천히 만져 올렸다
안으로 가라앉는 그늘의 어둠을 오래 들여다보았다
잘 마른 그릇을 두 손으로 조심스레
가마 안에 넣으며
늘 그늘의 무게를 가늠해보았다

가마 안의 열기로 그릇들이
안으로 안으로
그늘을 단단히 끌어안는 것을 기다렸다
기다림 속에서 그녀의 동공이
타올랐다
그러나 그녀는 가마에서 꺼낸 그릇에서
그늘의 무게를 느낄 수 없었다

오랜 시간 그늘의 무게를 재보려 했던 탓일까

어느 날부터 그녀는 두 팔을 어깨 위로 올릴 수 없게 되
었다
어깨를 부여잡고 주저앉은 그녀는
무심하게 자신을 바라보고 있는 민무늬 그릇을 노려보았다
하얗게 드러난 민무늬 그릇에 어른거리는 그늘을
그녀가 알 수 없었던 그늘의 무게는
그 무늬 안에 스며 있었다

도자기 만들기를 그만둔
그녀는 어느 날부터 옷을 만들기 시작했다
밑그림을 그리고
옷감의 여백과 여백 사이를 잘라
재단하고 옷을 만들었다
아무 문양 없는 단정한 옷이었다

처음 옷을 완성했을 때
그녀는 옷을, 살짝 들어올려
보곤 미소를 지었다
―옷은 가벼워 영혼의 무게쯤 될까?―
그녀는 잠시 흥얼거려보기도 했다
무언가 만든다는 것에 기쁨을 느끼며
그녀는 자신이 만든 옷을 입었다
따뜻했다

자신의 옷을 입고 그녀는 밖으로 나갔다
그녀의 두 팔은 옷의 그늘에 둘러싸인 채
부드럽게 앞뒤로 흔들리고 있었다
햇빛 속에서 그늘의 민무늬가
몸의 주름들을 품고 드리워졌다

아직 몰랐지만
그녀가 처음 온몸으로 느낀 그늘이었다.

2부

미래의 아침
—미래 일기 1

내일이 와요. 침대 옆으로
배달되어 온 하루를 호흡하며 잠에서 깨지요
살아 있는 닭의 꿈을 꾸었어요. 치킨이
아니에요. 방이 아니에요. 달력엔 한 칸이에요
내일을 오늘로 부르는 순간 닭은 죽어 치킨이 되고
미래는 죽어 달력이 되는, 벽에 붙은
오늘의 조리법—샐러드라도 먹어야 내
일을 하겠죠.—출근은 나를 배달하는 일
태풍이 와도 출근해야 하는 내
일. 입금 통장에 적힐 날짜를 위해. 나가요. 달려
달은 뜨지 않고 다달이 청구서에 찍혀 날아오고
날아오는 것들은 새가 아니라 세
나는 이 길을 벗어난 적이 없어요. 계량
기가 막히게. 아름다운 하늘을 보며 달려
시간 맞춰 도착해야만 하는 시간은
지하철을 탄 후에, 지금의 역
법은 그레고리가 만들며 날짜를
열흘이나 빼먹었다고 전해져요. 13세!
멱살을 잡고 싶은 날들은
목을 비틀어도 오고 나는 나의 가격을 매겨야 해요. 오!
오늘은 나를 다시 파는 날이에요. 휴~
가는 며칠을 더 늘릴 수 있을까요
살아 있는 꿈을 꿀 수 있을까요

나의 주인인 마천루 안으로 달려
들어가는 나는 나를 빼먹고 싶어요. 미래는 18
시에 칼/퇴근할 수 있을까요
시간에 맞춰 도착해야 하는 시간 목록에서
퇴근 시간이 빠져 있다는 것은 내일
배달주식회사의 영업 비밀
아무래도 미래에게 미래는
그냥 이름일 뿐인 것 같아요.

일기예보와 시장경제
─미래 일기 2

　인생은 먼저 쓴 일기에서 시작했대요. 사람들은 그것을 일기예보라고 하지요. 최초로 일기예보를 쓰기 시작한 건 엄마들의 엄마였어요. 처음부터 과거형으로 쓰이기 시작한 문체는 미래를 편리하게 만들었죠. 다 일어난 일이다. 모든 일기의 시작에는 이 말이 생략되어 있지요. 일기의 범위는 알려진 대로 하루예요. 시계의 팔 길이가 하루의 둘레를 처음 측정한 이후 하루의 원주율이 문제가 되었지만, 3.14…… 아아아. 일기예보를 위해 지금도 계속 계산중인 원주율을 파이로 바꾸었다고 해요. 치환. 그것은 예보가 가능해진 거대한 사건이었어요. 새로운 것은 없다. 이미 다 치환되었으므로. 예보는 점점 더 정확해지기 시작했어요. 아이들은 예보에 따라 무력해지기로 했고, 이제 가만히 있어도 예보가 아이들을 움직여요. 보이지 않는 손이란 바로 이걸 말하지요. 자유 시장은 이미 계획경제라고 누가 말하지 않았나요. 기억나지가 않네요. 서로 다른 일기가 경쟁중이지만 예보가 놀라울 정도로 비슷하다는 것은 누구나 다 아는 사실. 그러니까요 예보에는 출제자가 있는 것이죠. 생각은 예보가 하는 일이라서 맞든 틀리든 일단 우리는 배우기로 했어요. 답은 출제자가 내는 것이지 맞히는 사람이 내는 것이 아니지요. 우리의 삶은 일기예보와 함께 퀴즈가 되어버렸지만 우리는 잘 자라요. 점수로 환산된 인생을 가끔 받아봐야 하지만 우리들은 그걸 능력이라고 부르게 되었죠. 이렇게 능력 주시는 일기예보에 따르면 인생은 예보 이후 더 탁월해졌다고 해요. 지금은 쉬는 시간이에요. 나는 날씨와 생활을 보면서 기상 캐스터가 입은 스커트의 길이에 더 관심을 두기로 했어요. 이건 출제자의 눈높이에 맞춰진 길이군요. 저 여자 가슴이 죽이는데, 이런 이야기는 아무리 되풀이되어도 재미있나, 봐요. 재미가, 감시하는 줄은 아무도 모르나요. 도시락이나 까먹고 있었으면 좋겠어요. 시계가 팔을 벌려 가르치고 있어요. 뭘 더 가르치지 않아도 될 텐데. 오늘은 또 누가 예보 시장에 새 일기예보를 매도했다고 하네요. 그럴 때마다 누군가 알몸으로 죽기는 하지만 시장 상황에 불과하다고 출제자가 잘 정리해주었어요. 아, 뭐가 뭔지 모르겠다고요. 그렇다면 정확하게 보신 거예요. 주식이 뭔가요? 주로 드시는 거 말이에요. 잘 드세요. 아이는 자라서 개미가 되고, 개미가 되고, 개미는 4차원에 대해 관심을 두면 안 된다는 걸 마지막으로 배우고 일기예보를 받아쓰는 직업을 가지게 돼요. 살다보면 죽는 날도 온다는 걸 어제 상조회사에 가입한 엄마가 알려주셨어요. 무슨 얘기냐고요? 세계 최초의 슈퍼컴퓨터 이름은 엄마였다고 해요. 일기예보에 대해서는 더 물어보지 마세요. 당신은 이미 일기예보의 세계에 있으니까. 미래는 어디에 있냐, 니요. 미래는 오랜 실업 끝에 죽었어요.

그라운드 제로
—미래 일기 3

펜스가 쳐졌다. 아이들의 놀이는 금지되었다. 집을 세우는 동안에 집을 세우는 놀이 외에는 모두 금지였다. 소음이 사라진 일은 아이들을 신기하게 만들었다. 세상의 모든 소리가 집을 만드는 소리로 바뀌었다. 길은 종종 금이 갔지만 곧 깔끔해졌다. 덤프트럭이 실어나르는 것은 늘 비어 있었다. 이것을 공사라고 하지. 사사로운 일은 여기에서 말할 가치가 없어. 공사 관계자는 팻말을 가리켰다. 펜스가 쳐졌다. 이걸 정말 방음벽이라고 부르나요. 창문을 열면 안 되는 이유는 창문이 늘 전율하기 때문인가요. 질문은 그만하고 놀라고 관계자들이 대답했다. 그럼 집을 만들지요. 그럼 집을 만들지요. 말을 잘 듣는 아이들은 새로운 것들을 잘 만들었다. 어떤 아이는 숨어서 소음의 지도를 만들었다. 어떤 아이는 소음의 악보를 만들었다. 우리는 그것을 그라운드 제로라고 불렀다. 어느 날 그것들은 수거되어 불태워졌다. 이건 그러니까 쓸데없는 짓이야. 너희들. 그런 건 놀이라고도 안 한단다. 타오르는 불속에서 바람이 집을 세우는 것을 보았던 날이 그때였다. 우리는 바람 속에 집을 세우자. 우리는 바람만을 믿자. 아이들은 그렇게 다짐했지만 금세 아이들은 자라 집 쪽으로 달려갔다. 길을 지우고 세워지는 집들은 점점 거대해졌다. 나는 고개를 들지 않고는 집들을 보지 못했다. 공사는 숭배해야 할 것이 분명하다. 펜스가 쳐지고 펜스가 쳐지고 펜스가 쳐졌다. 공사를 하는 사람들은 잘 지어진 거대한 영안실에 자신의 이름을 배정받았고 그것을 역사라

고 불렀다. 새로운 것은 늘 역사가 되지. 공사의 수사학 앞
에서 다른 것은 소음일 뿐이었다. 분명한 것은 이 모든 것은
다 아는 이야기라 진부하다는 것이었다. 좀 새롭게 말할 수
없겠니? 너는 늘 똑같은 말을 하는구나. 네가 여기 살고 있
다는 게 신기하다. 새로운 펜스가 쳐졌다. 나는 자라서 살아
있다. 아니 바람만이 살아 있었다. 바람이 보푸라기처럼 일
어나 집들을 돌며 울었다. 이제 소음을 기억하는 것은 바람
뿐이었다. 나는 오래된 소음의 지도와 악보를 바람에게 던
져주었다. 하늘에는 아무것도 없었지만 태양 속에서 바람이
불타고 있었다. 거기 오래전에 타오르던 집이 있었던 것만
같아 눈을 들 수 없었다.

몽당연필 일기
—미래 일기 4

다른 날로 갈 수 있을까

몽당연필로 일기를 쓰던 날들이 있었다. 첫 페이지와 첫
페이지의 무한. 처음부터 더 쓸 일기 따위는 없었는데 어머
니는 내게 꼭 일기를 쓰라고 하셨다. 어머니는 어디선가 버
려진 볼펜 대롱을 가져다가 몽당연필을 끼워주시곤 했다

날씨를 가끔 잊곤 했다
아버지도 가끔 잊곤 했다
학교에선 구석기와 신석기를 지나가고 있었다

강가를 떠돌 수 있었던 시대에는 무얼 꿈꾸었을까
거대한 조개무덤을 남긴 사람들은
자신들의 삶을 담은 무덤을 일기라고 불렀을까

가끔 일기를 잊기도 했다
몽당연필은 이제 더이상 쓰지 않았다
자라는 것을 잊어도
소년들은 어른이 되었다. 매일 떠돌아도
다른 날로 갈 수 없었다. 나는 주머니 속에
작은 돌들을 넣고 다녔다. 그것을 석기라고 불렀다
친구들은 어느새 배달원이 되어 있었다
대충 요리된 절망을 건네주며 그들은 말했다

너도 이제 그만 떠돌고 배달을 하렴
우리는 넓게 보면 철기시대를 배달하고 있다

제1의 친구가 골목 끝으로 배달을 가고
제2의 친구가 사거리로 배달을 가고
제3의 친구가 단지와 단지 사이로 오토바이를 달려 배달
을 간다
나도 배달이나 할까. 주머니 속 깨진 석기들을 매만지며
일기를 생각했다. 어머니는 왜 몽당연필로 일기를 쓰라
고 하셨을까

가끔 아버지가 돌아와 일기의 비밀이라며
네가 할 수 있는 일은 잘해야 아버지가 되는 것이라고 얘
기했다
그게 비밀이라니. 다 알고 있는 아버지의 비밀을 불쌍한
눈으로 바라보았다
아버지에게 몽당연필을 쥐여주고 싶었다

살고는 싶으세요? 아버지

나는 배달할 수 없는 인생에 대해서 괜히 눈물이 났다. 다
른 날로 갈 수 있을까. 돌들은 내 손길에 오래 낡아서 매끄
러워졌다. 아마 신석기는 이렇게 도래했을 것이다. 낡고 마

― 모된
　버려진 석기들을 모아 매만지던 자들의 손에서
　석기의 무딘 면들 깎아 날을 벼려낸
　그 손은 어머니의 손을 닮지 않았을까

　다른 날을 쓸 수 있을까. 여기
　지금의 장소가 아닐 날들을
　누군가에겐 쓰레기였던 볼펜 대롱을
　다 쓴 연필에 달아 만든 어머니의 몽당연필은
　지금도 일기를 쓸 수 있을까

　일기는 아무 말 없이 내 앞에 펼쳐져 있다.

―

외계인의 탄생
─미래 일기 5

외계인이 없다는 것이 증명된 해
사람들은 그날을 종말의 해라고 불렀다
그러나 아무것도 끝나지 않았다
그걸로 끝이었다

끝없는 여름
끝없는 겨울의 지구
세계는 계속되었다
그저 지속되는 세계의 미래

종말 없는 종말

사람들이 타임머신을 완성한 것이 그즈음이었다
사람들은 과거로 돌아가 죽기를 바랐다
그것이 그들에게는 미래였다

정부는 오직 죽음에 임박한 자들에게만
타임머신 사용을 허락하였다
타임머신에서 내리는 것은 허용되지 않았다
그것은 과거로 보내지는 관이었다

살이 방사능에 녹아내린
머리가 크고 가는 몸에

어린아이처럼 작은 미래의 지구인들이
과거로 여행을 가 죽음을 맞았다

초기 타입 타임머신 캡슐이 떨어진 곳은
미국의 로스웰이었다

인류 역사는 이들을 외계인이라고 기록하고 있다.

방주의 워프 항해
—미래 일기 6

입법자들은 마지막으로 지구에서 실패를 추방했다. 실패를 추방하는 것은 지구의 오랜 전통이었지만 이번에는 조금 달랐다. 그들은 우주를 추방하였기 때문이다. 인류의 마지막 실패인 우주가 그렇게 사라졌다. 매끈한 밤이 그들에게 주어졌다. 지구는 완결되었다.

방주에 간 적이 있다. 방주는 우주를 기억하는 자들의 모임이었다. 그들은 우주는 단지 천체들이 있는 공간이 아니라고 말했다. 거기에서 우리가 살고 있다고. 그들은 자신들을 건너는 자라고 소개했다. 우주를 건너는 법은 워프라고 했는데 그에 따르면 워프는 상상력이었다. 우주를 달린다니 멋지지 않나. 그래. 실패를 향해 달리자고. 가끔 입법자들이 찾아와 그들에게 경고했다. 이봐. 세계는 물리학이라고. 물리적으로 구성되어 있지. 뛰어넘고 싶다면 뛰어봐. 그러면 그들은, 상상력이야말로 물리학이지. 항해를 하자고. 저 거친 무중력을 향해. 그래 거기 파도가 있을 거야. 항해를 하자. 그러면 물리학이 따라올 거야. 라고 하는 거야. 그들은 방주에서 유영을 했다. 입법자들은 너희들이 아직 추방되지 않은 건 이미 우리가 완성되었기 때문이야. 고마운 줄 알라고. 너희는 완결 이후의 박물관일 뿐이지. 경고가 입법임을 우리는 모두 알았지만 아무 상관없었다. 가끔 방주의 축제중에 사과가 떨어졌다. 쿵. 저기 봐. 사과의 워프. 이 바닥이 우주였다면 사과는 마음껏 유영을 했겠지. 그게 방주

— 의 물리학이었다.

끝없는 철거가 아직 진행중이었다. 선생님. 지구는 완결된 것이 아니었나요? 우리는 학교란 곳에서 질문을 했지. 선생은 대답했다. 물론 지구는 완결되었지. 하지만 지구의 입법은 늘 진행중이란다. 철거는 입법 중의 입법이라 우리가 죽어도 계속될 거야. 사막이 계속 넓어지듯이 말이야. 방주도 끝없는 철거로 무너질 거라는 얘기가 돌았다. 그곳은 박물관이라고 하지 않았나요. 박물관을 철거하겠다니 그건 말도 안 돼요. 아. 그 자리에 새로운 박물관을 짓기로 했단다. 그곳의 유물들은 잘 포장되어 옮겨질 거야. 살아 있는 유물인 너를 포함해서. 선생님이 말했다. 그래서 여기가 학교로군요. 그렇지. 네가 누구인지 알려주는 곳 그곳이 바로 학교란다. 친절한 선생님은 그러고는 한마디를 덧붙였다. 그리고 여긴 법인이기도 하단다. 나는 판결을 받았다. 그것은 간단하게 정리된 번호였다. 박스 포장이 되지 않는 걸 감사히 여기라고. 그게 지구의 물리학이었다.

방주의 허름하고 커다란 건물이 헐리던 날. 나는 방주 밖에 있었다. 이미 판결받은 발령서를 받고서. 방주에서 모이던 사람들은 간단히 포장되어 택배로 옮겨졌다. 마지막까지 거부를 하던 몇 명만이 방문을 잠근 채 저항했다. 나도 아는 방이었다. 우리가 엔진이라고 부르던 방. 방주의 끝이던 방.

—

우주를 달린다. 그들이 방 밖에 적어놓은 글귀였다. 법인들은 마지막으로 경고를 했다. 당신들은 안전하게 살 수 있습니다. 산다는 건 안전한 거죠. 상상력 같은 건 안전과 비교하면 아무것도 아닙니다. 더이상 다른 것이 되려고 하지 마십시오. 지구는 완성되었습니다. 어서 이곳으로 나오십시오. 택배로 안전하게 보내드리겠습니다. 마지막 방송이 끝난 후 커다란 철거 로봇이 건물을 부수기 시작했다. 거기에는 정말 아무런 상상력이 없었다. 지구의 물리학에는 물리력만 있는 것 같았다.

나는 엔진을 생각했다. 이건 그냥 엔진이 아니란다. 워프엔진이지. 방주(坊主)가 말했던 걸 기억했다. 사람이 여기 앉아 우주 저편을 단번에 또렷이 그려낼 수 있을 때 엔진은 움직이기 시작한단다. 여기 앉아보렴. 좌표를 떠올리는 자들이 엔진에 힘을 주는 의자이지. 상상력의 엔진. 나는 거기에서 아무것도 떠올릴 수 없었다. 어떤 변화도 일어나지 않았다. 너는 아직 우주를 보지 못하는구나. 방주는 미소를 지었다. 너도 곧 우주를 달릴 수 있는 아이가 될 거란다. 그 방이 눈앞에서 헐리고 있었다. 방으로 뛰었다. 달렸다. 나는 여기가 우주였으면 하고 생각했다.

방주가 모두 헐렸다. 방이 무너지는 소리가 대기를 흔들었다. 대기가 울렸다. 내가 뛰어든 폐허. 거기엔 아무것도 남아 있지 않았다. 엔진 안에 있었던 모든 것이 깨끗하게 비어 있었다. 그들은 뛰었어. 나는 환호했다. 그래. 워프. 눈을 감은 채 나는 낮게 중얼거렸다. 나도 모르게 뛰고 춤을 추었다. 춤 속에 두텁게 우주가 밀려오고 은하가 촘촘히 빛나기 시작했다. 차원의 벽이 세워지자 빗장이 벗겨지듯 허물어지는 것 같았다. 춤. 누가 벽을 허물기 전에 먼저 벽을 허무는 도약. 우주가 달려오고 우주로 달려가는 시간. 상상력의 시간을 맞이하는. 춤. 사과가 떨어지듯. 쿵. 도약을 하는 춤이 내 발을 이끌었다. 워프. 소리쳤다. 법인들은 막으라고 소리치고 거대한 로봇 팔들이 나를 덮쳐왔지만 나는 제자리에서 달렸다. 제자리를 이끌며 달렸다.

그리고 춤의 항해가 시작되었다.

아무것도 남기지 않는 여기를 떠나. 여기가 늘 우주인 곳으로 달리기 시작했다. 밤이 흘러내렸고 열렸다. 나는 모든 것이 손을 내밀어오는 우주의 빛들 사이로. 겁없이. 춤추며 달렸다. 밤은 그것이 어디든 이미 우주이므로.

에덴
—미래 일기 7

미래에 새로운 세대가 등장했다
그들은 선과 악을 모르는
모든 것이 구분 없는 투명한 세계의 세대라 했다
드디어 인류는 오랜 세월 꿈꾸던 것을 이루었다
그들은 선악과 열매의 맛을 잊기 위해
여기까지 왔던 것이다.

잠드는 동네

집들이 새로 들어서는 동네에 가면 잠이 늘어요
땅속 깊숙이 기둥을 박는 소리에
잠이 놀라 달아날 거라고요?
균열이 갈수록 잠은 더 깊어지고
나는 꿈을 시추하기 시작해요
땅! 공사장에서 달리고 있는 운동화들
나는 바통을 받기 위해 뒤로 손을 뻗어요
두드드드. 먼지를 밟으며 운동화가 넘겨주는 건
꺼진 손전등, 땅! 아직 집을 짓지는 않아서 잠이 늘어요
경비원은 손전등으로 나를 비추며 물어봐요
입주민이십니까? 그렇지 않아요 나는
그저 꿈을 꾸고 있는데요. 그렇죠. 새로 지은 집은
로또나 다름없어요. 땅!따다당땅!
여기서부터 저기까지는 아직
집들을 다 부수지도 못했어요
경비원은 웃으며, 에이 모르시는 말씀
새로 집들을 올리다보면 옆에 있는 집들은
알아서 무너지기도 해요
아직 다이너마이트는 쓰지도 않았답니다. 어서
들어가 잠이나 주무세요. 주무시는 사이 집들이
늘어서 있을 테니까요. 땅! 시추해가는 건
누구의 꿈인가요? 운동화들이 모래를 밟으면서
달려와요. 꺼진 손전등으로 그림자들을 때리는데

나는 그만 잠들어버렸어요. 새로 집이 들어서는
동네에서는 잠이 늘어요. 도대체 손전등은 언제
꺼놓았는지 모르겠지만 새로 집이 들어서자
환해지는 동네. 부쩍 잠이 는 사람들이 서서
꿈을 시추하고 있어요. 탕!
아직 다이너마이트는 쓰지도 않았답니다.

반도체

1
거울에는
넘겨지지 않는 페이지가 펼쳐져 있다
소리가 봉인된 페이지 너머
침대 위 한 남자가 몸을 크게 뒤척인다
거울이 흔들리는지 거울 속이 흔들리는지
거울의 풍경이 떨린다

2
잠들면 칸막이가 보인다
누군가 실려나갔지만
칸막이 밖으로 고개를 내밀지 못했다
나는 매일 부서지는 하루를 똑같은 모양으로
조립하고 있었다. 무언가 말해야 할 것이
있었지만. 잠깐 기침을 할 뿐이었다
내뱉어지지 않는 신음을 삼키는 소리였다
하루는 쉽사리 조립되지 않았다. 설계도대로
조립되어도 어디선가 삐걱이는 소리가 났다
도대체 누가 이따위 설계도를 만들었는지
내심 화를 냈지만 항상 문제라고 지적받는 것은
하루의 부품을 세심하게 다루지 못하는 내 실력이었다
설계도 이미지들이
부품 하나하나의 이미지들이

온몸을 흘러다니게 될 때까지
하루를 외웠다. 칸막이 너머에서
또 누군가 실려나갔지만
나는 더 열심히 하루를 조립하고 있었다

3
소리가 몸을 떠돌아 조각난 몸
하루가 슬리퍼를 신은 가벼운 발
걸음으로. 타일로 된 바닥을 밟고
간다. 몸은 바닥이고 바닥은 비―
명을 지르지 않는다. 오래된 타일
모서리가 떨어나가며
바닥이 부서지는 꿈을 꾼다. 물컹하다
꿈이 아니라서, 꿈인
깨어날 수 없는 일상 속에서
죽어간 것들은 금방 치워지고
그 자리는 곧 채워진다
전기가 들어오고 이전의 신호는 지워진다

4
그가 출근하고 방은 비어 있다
거울은 침대에 두고 나온 그의 몸부림을
끈질기게 비추고 있었다.

행운의 편지

당신이 여행을 떠난 줄도 몰랐다
편지칼로 곱게 연 편지에는
지구에서 일어나는 기적들이 적혀 있었다
탄자니아 어느 마을 앉은뱅이가 일어나 물구나무서고
케냐의 벙어리가 말하게 된 기쁨에 수다쟁이가 되고
어느 무슬림의 마을에선
눈을 잃은 딸이 앞을 보게 된 것에 기뻐
그 곁에서 말라 죽어가던 아비가 되살아났다고
당신은 이 기적의 보고(報告) 마지막에 힘주어 써놓았다
이건 모두 사실이야

그에게 답장을 썼다
가로등을 피해 시골로 내려간 별들처럼
기적도 기적을 원하는 사람들에게로 떠났다고
이곳의 아이들은 꿈을 갖기 전에
달력을 넘기는 것이 삶임을 알고 있으며
아프지 않아도 잘 죽어가고 있는 사람들
그들의 유일한 기적은 생의 지루함인데
미안하지만 그것은 편지에 동봉하지 못했다고
편지가 가닿을지도 모르지만 답장을 썼다
평생 떠돌 그의 대지 기적의 땅으로
당신의 이름을 지우고 봉투를 밀봉해
보내는 사람과 주소도 적지 않고 빨간 우체통에 넣었다

이 편지가 전해진다면
또하나의 기적이 이 땅을 떠나는 것이네

그리고 그에게서 답장이 왔다
누군가에게 편지를 쓰는 일도 기적을 믿는 일이라고
나에게만 보낸 편지인 것처럼.

바벨 커피 전문점

1
커피를 마신다는 것은 무언가를 믿는 것이다

2
우리가 만날 약속 장소를 쉽게 정할 수 있는 건
바로 바벨이 있기 때문
—지하철 한 정거장마다 바벨이 있지
그때부터 지하철은 바벨의 연결 통로가 되었다네—
유리문을 열고 들어가면 당신은 곧 메뉴를 만나게 돼
비교(秘敎)의 비문을 읽듯 주문해야 한다고 투정 부리지
는 마
거기에 쓰여 있는 대로 읽지 못한다고 해도
일단 쫓아내지는 않아 여기는 바벨이니까
여기서 당신은 손님이며 주인이니까
당신은 곧 주인의 언어를 배우게 되겠지
바벨, 그것은 정말 탑이었을까?
매장에 틀어놓은 노래를 따라 불러봐
—우리가 하려는 말은 어째서 언제나 유행가에 다 있을
까?—
당신은 이제 어떤 도시에 가도 낯설지 않을 거야
즐겁게 커피를 마시길 바라
주문은 테이크 아웃으로
그리고 거리 아무 곳에나 컵을 버려줘

3
바벨, 어디선가 그 탑은 다시 세워지지 않았을까?
메이커가 다르다는 건 약속의 땅 바벨을 지키는 힘
바벨의 간판이 바뀌어도
사람들은 너무도 쉽게 그곳이 바벨임을 알지
사실을 입에 올리는 사람은 아무도 놀라게 하지 못해
입가로 들어올려지는 커피잔들을 봐
커피를 마신다는 것은 무언가를 믿는 것이야
커피맛은 거기서 거기라는 믿음. 어떤 바벨도
맛은 탑이 아니니까.

사춘기

비가 와요.

목성까지 가기엔 내 다리는 너무 짧아요. 목장에선 말들이 여기는 섬, 여기는 섬. 히힝! 울면 비가 와요. 산, 산장에는 먼 먼, 저 먼 밤하늘로 망원경을 대고 자아 웃으세요. 히힝! 타고 가기에 말들은 너무 어려요. 거세를 하지 않은 말들에게는 울타리가, 철창 울타리가 매우 요긴하다고 해요. 목초지에선 장화를 신은 발들이 무른 땅에 떨어져요. 그들이 지나간 자리는 작은 유성이 떨어진 자리 같아요. 망원경으로 보지도 못할 만큼 작은 별은 도대체 언제 떨어진 걸까요. 비가, 비가 와요. 목성까지 가기엔 이 섬은 너무 무거워서 폭풍이 불어오는 날을 기다려요. 목장 정도는 하늘 높이 날려줄 수 있을 거예요. 바람을 타고 비가 와요. 돌들이 들썩이고 파도가 뒤엉키며 울어요. 이제 잘 묶어둔 건초를 세어야 할 시간, 하나 둘 셋 카운트다운. 큰일이에요. 목성까지 가기엔 건초가 모자라요. 비가 그쳐요. 비가 그쳐요. 출력을 끝까지 올리지도 못하고 폭풍은 지나가요. 어느새 장화들이 말의 뒷다리 사이에서 거세를 해요. 너는 다 자랐다 다 자랐다. 별똥별들은 머리에 꿀밤을 먹이고 망원경은 더 이상 하늘을 향해 서지 않아요. 다시 비가 와요. 목성까지 가기엔 이곳은 비가, 비가 자주 와요.

젖어서 점점 무거워지는 옷들

경마장에서 경주하는 거세마들

목성은 태양이 되지 못하고.

열린 문

도시의 지도엔 그저 커다란 공백으로 그려져 있다
누가 문이라고 부르지는 않았지만
누구도 연 적 없지만
문이 아닌 그 문은 열렸다

방음벽 뒤에서 바람에 뼈를 맡기고 서 있는 건물. 공사가
멈춘 후 층층이 먼지보다 먼저 침묵이 깃들고 시간은 아무
곳에서나 어두워지기 시작했다. 그러고는 건물의 이름이 치
워졌다. 건물은
　도시의 배설물이 되었다
　완성되지 못한 건물은 문이 되어갔다. 건물의 온몸이 열
리기 시작했다
　무엇을 열어 보여주는지 알 수 없었기에 사람들은 저마다
건물의 방음벽을 더 높여야 한다고 했다. 가두고 싶었던 것
은 소음이 아니라 그것이 열어놓는 어떤 미래였다

　있다. 단지 그것이 문이 우리 앞에 열어주는 미래였다. 그
것을 보아야 한다는 게 말이나 되냐고 수군대던 사람들은
어느 날부터 저 문은 누군가의 소유가 되어야만 한다고 했
다. 그러나 허물어져가면서 빈, 공간이 되어가는 건물을 사
려는 사람은 아무도 없었다
　있음. 그들은 그것을 재난이라고 불렀다
　부수고 싶어도 부술 수 없다는 것은 무엇보다 큰 재난이

었다. 누군가의 소유가 되어야만 무너뜨릴 수 있는 한 채 ⎯
인 그것은

　문. 자꾸 무언가를 열어두고 열어놓는 문

　문이 여기. 있다

　누구도 주인이 아닌 누구의 주인이 아닌 그 문은

　도시보다 오래 살 것이다.

시계탑 이야기

광장에 바깥이 세워지고 시계탑의 시계가 멈추었다

멈춘 시간들이 함부로 버려지고 있다
자신이 만든 시계를 분해하고 있는 시계공
무심하다. 누군가 멈춘 시간 속에 침몰하는 사람들을 구
하려고
몸을 던진다. 누구도 그들의 이름을 부르지 못했다
사람들은 천천히 시선을 시계공 쪽으로 옮긴다
그가 세운 시계탑으로 달려가는 사람들의 함성에 시계가
놀란다
아무도 안아주지 않던 시계의 거대한 팔은 그날
시간이 멈춘 곳을 꼿꼿하게 가리키고 있었다
사람들은 그 시간 속에서 마치 오랫동안 잊고 있었다는
듯이
서로를 안고 환호했다. 무슨 일이 일어나긴 했을까
그 자리에서 누구도 시계공을 찾지 못했다

시간의 바깥에서 시계공은 톱니가 빠진 시간의 이빨을 다
시 맞추고
천천히 시계를 조립했다

바깥이 천천히 지워졌다

흩어지는 사람들은 서로의 팔로 서로를 가리키고
시계탑은 그들의 시간을 가리키고 있었다.

길을 잃으면 강을 찾으라 했다

길을 잃으면 강을 찾으라 했다
그곳에 가면 길 잃은 자의 무덤 위에
탑을 세운 자들이 있으니
그들에게 길을 물으라 했다
어째서 죽은 자들만이 이정표를 세웠는지
잘 알지 못해도 그 강에 가면
물소리에게라도 길을 물을 수 있을 거라 했다
이름 없는 자들의 손가락을 길잡이 삼아 걸어간다
강가에서는 수고하며 걸은 자들만이
흐르는 강에 발목을 담그고
물위에 비치는 제 얼굴을 보려고 고개를 숙인다
바람이 지우려 해도 지워지지 않는
물결 위의 오래된 발자국들
얼마나 오랫동안 강물이 그 발자국들을 싣고 흘렀는지
흐르는 것들은 얼마나 거대한 서성거림인지
그 앞에서 처음으로 길 잃을 자가 되어
제 눈이 먼 줄을 알고 울게 되리라
강을 등지고 떠나는 자는 이제
세상의 모든 길이 그려져 있는
여행자 지도를 버리고 빈손이 된다
―오직 눈먼 사람만이 지도를 버릴 수 있다―
그의 귓바퀴에 강물 소리가 흘러와 부딪친다
입 밖에 낸 적 없는 물음에 대하여

강물 소리가 웅성거리는 목소리로 대답한다
그의 발소리가 출렁이며 흘러간다.

요셉의 서

1
이것은 당신이 시작하신 신성모독입니다
당신은 이것을 어쩌서 복음이라 하십니까
저의 아들에게 당신을 구하라 명하지 마십시오

요셉아. 내가 사라졌듯이
너 또한 사라지리라

2
잊어라. 요셉아
너는 신을 만들었으나
누구도 그 쓸모없는 것을 보지 못하였으되
다만 나의 아들
아니 너의 아들이나 나에게 온
나의 아들만을 볼 것이다
누구도 처음부터 십자가가 나인 줄 모르거니와
나아가 너와 너의 아들로 인하여 다시 태어날 줄을 모르
리라
사라지는 것이 권능임을 이제 네가 알게 되었거니와
이것이 기쁜 일 유일한 기쁜 소식이라
곧 너와 마찬가지로 모두가 잊으리라

3
한 번만 인간이었으면 되지 않습니까
당신은 영생하며 인간이 되시려 하십니까

보아라. 나의 무능이 너를 살게 하지 않느냐
이것이 전능임을 보여주기 위해
나는 영생하며 인간이 되려 한다
나는 말하지만 너는 침묵할 줄 알고
나는 명하지만 너는 노래하지 않느냐
요셉아. 인간은 아직도 인간을 사랑하지 않고
나는 아직도 신이어야 하므로
네가 나를 만들라. 너의 아들로 하여금
나를 살게 하기 전까지
예비하라

또하나의 십자가를 요셉이 만들었다
그곳에서 그는 두 번 사라질 것이다
한 번은 인간으로서 한 번은 아버지로서

그는 더이상 아들의 아버지가 아니었다

4
아들아

너의 몸은 아버지를 잊었다
내가 너에게 몸을 기억하는 일을 알려주마
나무를 들어라
그것으로 너의 십자가를 만들어라
썩을 아버지의 몸
너의 몸이다
쓰다가 만 창세의 약속이다

네 몸의 멸망이 너를 가르칠 때까지
너는 아버지를 부를 것이나
나는 이미 아버지가 아니다
너는 죽어서도 아버지가 되지 못할 것이다
요셉의 아들아

네가 또다시 인간을 만들고
그 인간으로 하여금 다시 살라고 명하는구나
나는 노래하며
내 잊힌 몸을 위하여 십자가를 만들겠다

이것은 신이 시작한 신성모독
신성모독의 신성함
사랑의 시작이니.

시간의 필사자

시간은 몸도 없이 변신을 한다
변신을 하면 시간이 되고
그것은 시간의 몸이 된다
그 몸을
부를 수 있는 이름을 모르니
거기에 있다

오랜 후에
누군가는 그 몸을 시간의 필사자라고 했다

어느 날 창조되었는지 알 수 없는 시간
그 시간을 불러내기 위해 필사자들은
해와 달에서 베껴왔다
기록의 문자는 점점 뽀족해진다
매일 낡아간다
필사자들의 몸은 시간에게 주어지는 것
그들은 시간을 필사하면서
늙고, 오래전의 인간보다
더 빨리 늙어간다

필사란 그들을 시간이 가져가도록
그들을 시간으로 만들도록 허락한 것이다.

대륙 이동

오래전 인류는 대륙이 이동하는 것을 따라 이동했다
대지의 호흡이 대기에 흐르면 구름은 몰래 땅의 발자국
을 그렸다
가만히 있으며 움직이는 대지 위로
바람이 불어 구름을 밀어내면
모래는 이 모든 흔적을 따라 불어올랐다지
대지가 세계의 경계로 파고들던 이 모든 숨은 기척을
고개를 들어 얼굴로 받아내던 신성한 인류가 있었다
최초의 인류는 그렇게 얼굴로 대륙의 이동을 느꼈다
그들의 직립은 움직이는 땅을 견디기 위해 완성된 것이다
한 대륙이 서로 다른 대륙으로
흩어지며 모이는 누*의 물결과 같이 느리고 때로
고요하게 그들은 땅을 따랐다
따르던 대지의 가슴을 열고 자신의 한 생을 바치던 인류
죽은 자들은 누구의 얼굴도 아닌 잠든 얼굴로 가려지고
주름진 얼굴을 덮은 흙에 남은 자들이 발자국을 남기면
거기 지나간 마을이 있었다지
우리는 그들이 떠나온 대륙의 역사도
그들이 떠돈 대륙의 역사도 모른다
다만 땅이 땅의 경계를 허물고
대지가 자신의 품으로 한 대지의 풍요를 잠재웠다는 것을
짐작해볼 뿐이다. 우리는 잊었지만 대륙은
조용히 이동하여 우리의 땅을 허물고 다시 땅이 된다

땅이 마을을 떠나 대지로 돌아가고
누구의 것도 아닌 대륙으로 돌아간다
그 대륙에는 대륙을 따라 경계 없는 마을을 짓던 인류가
있었다
아무것도 기록하지 않던 시대의 인류가 늘
누구에게도 속하지 않은 단단한 뼈를 가진 인류가 늘
거기에 대지처럼 있었다

대륙의 이동을 인류는 삶이라고 불렀다.

* 소목 소과에 속하는 포유류로 풀을 찾아 무리지어 이동하는 습성
이 있다. 새로운 풀을 찾아 1천 500킬로미터가 넘는 거리를 이동하
기도 한다.

3부

창세기 0
―수와 무한수

1
여기가 방이다
이제 이 작은 방이 너에게 이웃을 만들 것이니
너를 일러 사람들이
방을 만드는 권능을 가진 자라
일컬을 것이다
방이 처음으로 너에게 무한을 알려줄 것이다

2
무한이 무한을 금기하고
신이 신을 금기하는 창세

신이 나에게 준 방은
텅 빈 공간이었다

'0'이라고 부르지
이 방을 아무것도 아니라고 하지
그것은 무한히 무능한 방의 이름이지

당신이 나에게 준 금기를
계시라고 한다면
나는 당신의 예언에 거주하는
텅 빈 방이 되겠습니다

그것을 어느 날 나는 기도라고 부르고
신의 말을 따랐네

여기가 방이다

3
어느 날 나에게 아버지가 찾아왔다
그는 나의 이웃이며 이웃의 아버지라
모래바람의 대지를 지나 나를 찾아왔다고 말했다

여기 방이 있지 않은가 남루한 나를 들여보내다오

당신이 나의 아버지 이웃이라면 무한히 쫓겨온 자이리라
대기를 만지는 자의 빈손을 잡고 나는 방으로 그를 영접
했다

방이 방을 나누고 이웃을 만들자
눈앞에서 무한이 문을 열었다

여기가 곧 방이라
방이 오래되고 구겨진 주름들을 펴며
다시 텅 비어갔다

4
창세에 방이 있었네
오직 기도로
텅 빈 방에서 순종하는 자에게만
무한이 문을 열어 방을 보여주었네

그것은 말할 수 없는 것이라
수와 무한수라고만 전해져온다.

창세기 1

둘이 기원이었다
혼자인 것들의 기원
몸의 혈액인 기원
손이 손가락을 낳고
얼굴이 눈과 코와 입을 낳고
귀를 낳고
나의 해골인 너를 위하여
너의 피부인 나를 위하여

아무것도 아닌 것을 보고
아무것도 아닌 것을 듣고
아무것도 아닌 것을 맛보고
아무것도 아닌 것을 혼자 돌려주고

돌아오는 고요는 그냥 고요가 아니나니
세계를 향해 손을 뻗어
만나서 울지 않는 마주함
둘이 맞잡은 고요가 있다

마른 돌 위로 흐르기 시작한
첫 강물을 아직
강물이라 말할 수 없는 것처럼
둘이 고요였다

창세기 2
—검은 섬

섬이

있었다. 그 섬은 재의 신전. 아무런 이야기가 없는 자들의
섬. 아니. 사라진 섬의 이야기를 짓는 이들의 섬. 그 섬은 검
은 재와 검은 모래의 해변을 가진, 검은 섬. 검은 돌들이 태
어나 재가 되는, 섬. 섬이 있었다. 돌들이 붉게

타오르며 갑자기 솟고. 얼굴을 가진 돌들이 일어서면 파
도는 사납게 몰아치곤 했다. 바위들은 식어가며 작은 구멍
들을 얼굴에 남겼다

그걸 분노라고 하지. 그래서 너희는 역사가 없는 거야. 섬
을 찾는

이방인들은 구멍 많은 바위 얼굴들을 절벽에서 떼가면서
그렇게 비웃곤 했다. 그러나 가끔 역사가 없는 것들은 역
사보다 신비한 것이라 우린 그게 가끔 필요해. 장식을 위
해서. 실험을 위해서. 역사는 너희를 이방인이라고 부른단
다. 하하

그 얼굴들은 이 섬입니다. 섬의 검은 얼굴입니다. 제발 그
대로 두세요. 섬사람들은 이방인에게 가장 성스러운 섬의
재를 선물하며 애원했지만, 재들이

뭐라고. 너희는 아무것도 아닌 것을 선물하려고만 들어

이방인들은 미소를 지으며 돌들을 떼어갔다. 고요히 산들
이 몸을 웅크리며 일어섰지만 곧 단층을 드러내며 부서졌다

저 안에도 얼굴들이 있다
나무를 자르고 산들을 자르고
돌의 얼굴을 발굴해 이방인들은 떠났다. 검은 섬은 그렇게
검게 파헤쳐진 채 버려졌다. 그것이 섬과 늘 함께했던 것
처럼. 상처도 검은

검게. 사라진 섬의 이야기 전수자들은 섬에 남아

섬의 고요 속으로 들어갔다. 고요만을 먹으며 고요 속의
물소리만 마시며. 섬은 가끔 폭발하였고 넘쳐흘렀고 곧 식
어갔다. 검은 섬사람들은 그렇게 죽고 멸망을 배우며 재 속
에 이야기를 썼다. 흩어지는 이야기. 흩어져 불붙는 이야기.
혼자서 일어나는 불. 검은 불. 검은 섬이 바닷속에 잠기던
날. 거기에는 섬의 누구나가 섬이었다. 잃어버린 얼굴을 가
진 누구나의 검은 섬

먼바다 건너 어떤 대지에 검은 섬의 얼굴이 석상으로 세
워졌다
검은 얼굴의 그 석상은
그 대지의 문명이 맞이한 마지막 날을 지켜보던 거대한
석상이었다

문명 속의 검은 섬들이었다.

창세기 3

역사는 고물상에서 시작되었는지 모른다

물과 사물
쓰이고 지워진 것의 경계들이 남긴 물결 위에
떠 있는 건천 고물상
무너진 신전들의 유적

신은 마른 강에서 물고기를 건져 올려
그 자리에서 껍질를 벗겨 인류를 만들었다고 한다
화석인 채로 태어난 인간들은
살아가려고 동족을 먹어야 했다

그대로 두어라

잔인한 이야기들은 미끼도 없이
다시 걸린 낚싯대
나의 벌은 목이 마른 질문을 받는 것이다

오직 이 강의 순례자들만이 찾아와
창세전에 묵시록을 쓴 신에 대해 물었다
나는 조용히 화석이 된 나의 두개골을 열어 보였다

나는 종이오. 울리지 않는 종이오

그들은 질문의 값으로
자신들의 얼굴을 두고 돌아갔다

창조란 늘 똑같은 질문을 반복하는 일
신이 우리에게 준 벌

나의 이빨. 말하지 못하는 이빨들은
삼키지 못하는 강의 뼈를 씹으며
입의 어둠으로 세계를 보고 있다

여기 사라지며 남겨진 껍데기들의 성지
고물상의 목록에는 역사가 없다.

창세기 4
—텐트 시티

집은 늘 늦게 오는 것인가
산을 넘어
뒤늦게 오는 도시들 속에 세울 집만을
기도하며 바라는가
무겁다. 어디에서 어디로
밤이 재우지 못한 눈물을 이어도
배가 고파서 말하지는 못하는 손들아
짐은 차가운 공기를 만지고
사랑스러운 온기는 한 번도
찾아보지 못한 자들만이
여기에서 하루. 밤을 위해 불을 피운다
인류가 낙원을 잃은 날부터 따라다닌 추위여
너는 너의 집을 아는가 바람이여
천을 펼쳐 일으키고
이웃이 있는 집을 잇게 하라
하루를 잠재우기 위해 세운 도시를
너희가 수고하며 지고 온 집을
오늘은 여기 세워 낯선 도시를 만들리라
한 번은 살아서 어디에도 없는
도시가 지어지고
숲에 둥지를 트는 새들은 잠시 안식하는
하룻밤의 도시. 너는
어디로 가는 것이냐

저물어가는 날을 견디며 세우는 안식의 도시
이 산과 사막의 어디에서
너는 목마를 것이냐 도시여
그들은 산을 오른다 태양이 오르듯이
그들의 손은 하루를 짓느라
매듭이 굵어지고 그 굴곡을 움직여
노래로 집을 짓는다
집을 잃은 자들만이 지을 수 있는 도시
늦어도 늦어도 기다리는
남겨진 텐트들의 도시
가질 것이 없어 창세를 가진 버림받은 자들이
오늘 지고 간 도시.

창세기 5
—사해 지도

1
오래전부터 이 도시에는
자신이 그린 지도와 함께 사라진
지도 제작자의 전설이 전해져온다
시민들은 그를 눈먼 신이 되었다고 믿었다

2
성주가 그에게 도시의 새 지도를 그리라는 명을 내렸다
그는 처음 그 성의 지도를 완성한 사람이었다
작업실로 돌아가 오래된 지도를 펼쳤다
사람들이 깃들어 살며 붙인 길의 이름과 골목들의 이름
이 빼곡했다
성주는 이 구역들을 헐어 널따란 길이 뚫린 도시를 만들
거라 했다
이 도시는 품격 있는 도시로 변모할 거야
성주의 들뜬 목소리가 귓가에 남아 있었다
그는 펜을 들어 나란히 있던 집들의 영역을 지우고
새로 커다랗게 영역을 구획했다

작은 바다를 그리는 것 같군

그날 그의 혼잣말과 함께 도시의 골목들이 사라졌다
거대한 불길이 그의 작업실 창문을 비추었지만

그는 아무것도 모른 채 지도를 그려나갔다
그리고 그의 눈이 멀기 시작한 것은 그날부터였다

3
지도 위에는 사람이 살지 않는다
그것을 모르는 사람은 없다
그러나 그의 지도 위에는 사람이 살았다
그의 지도가 완성되어갈수록 도시의 사람들이 사라져갔다
죽은 자들은 도시 어딘가에 무덤도 없이 묻혔지만
지도에는 표시되지 않았다
그는 시간이 얼마 남지 않았다고 느꼈다
희미해져가는 시력에 의지해
아직 지어지지 않은 거대한 건물들과
성전들을 지도에 그려넣고
새로 들어설 집들의 구역을 정돈했다
대로에 성주가 붙인 이름을 써넣고
성주의 신도시보다 먼저 지도를 완성시켰다

그가 모든 힘을 기울여 만든 지도가 완성되었을 때
그는 지도를 볼 수 없었다
거기에는 아무것도 아무도 없었다
그의 귀만이 밝아 그의 흐느낌을 들을 뿐이었다

—   작은 바다를 그린 것 같군

그는 손을 뻗어 지도를 뒤집었다
거기에는 사람이 발 딛는 대지가 있었다
아무것도 없는 대지
그는 두 손으로 대지를 짚고 천천히 일어났다
대지가 가볍게 출렁였다

죽은 바다인 대지에 파도가 일었다
누군가가 부르는 소리가 들렸다

지도가 사라지자 살아남은 사람들이 거리로 나왔다
성주는 지도 제작자가 완성한 지도를 끝내 찾지 못했다
단지 한 장의 거대한 백지를 찾았을 뿐이다
성주는 그 종이 앞에서 분을 참지 못해 화를 내다가 그대
로 죽었다

4
사라진 지도를 그린 신이 있었다
사람들은 그 지도를 사해 지도라고 불렀다.

—

창세기 6
─거울의 집

1

골목 끝에 거울이 달린 작은 집이 있었다
문밖이 거울인 집 앞에서 집들이 시작되었다

2

처음엔 세계를 만들려고 했겠지
너는 목소리가 없으니 비추기만 하렴
너는 집이 없으니 방에 가져다놓을게
어디 다니지도 못하는 세계를
처음엔 가져다놓으려 했겠지
그것을 너는 뼈라고 불러도 좋았겠지
거울의 뼈는 비치지 않고
네 안에서 단단해진 세계는 뭐라고 들어야 될까
비치지 않는 것을 만지기 위해 너는 물끄러미
거기 있는 그대로 있기만 하면 되려나
방안에 있어도 문밖인 세계
얼마나 얼마나 오래 자신을 비추었는지
들리니. 맑아지도록 비춰지는 세계의 길목들을
가져다놓으려 했겠지
방으로 가져다놓으려 했겠지
처음엔 그렇게 세계를 만들려고 했겠지
너는 어디에서 와서
문을 열어주었니 처음에 너는

밖으로 난
눈이 있던 세계를

3
숲길 끝에 있는 거울의 집
누구나 집의 주인을 알 수 없는 것처럼
거울의 집 주인을 아는 사람은 없었네
자신을 비추고 돌아가는 사람들만 있었네
사람들은 가끔 그 집에서
자신을 들여놓은 세계를 보았다고도 했네
사실 아무 일도 일어나지 않았네
그 집은 집들의 골목을 열어두고
어느 날 무너졌네

무너진 거울이 있었네
거울의 목소리가 거기 있었네.

창세기 7
―퀴푸*의 노래

1
소멸한 문자로는 노래할 수 없다고 했어
모든 것이 창조되고 난 뒤에 소멸되는
일곱번째 날
소멸한 문자로
남겨진 날과 사라진 날을 엮은 노래를
다시는 부를 수 없다고 했어

2
네 머리를 땋으며 글자를 만들었지
내 말은 네 귓가에서 사라져
너의 머리칼 속에 깃드는 것들은
따듯하게 어두워지는 잎사귀의 안쪽
손가락이 닿아도 볼 수 없는 너의 입
한 매듭을 만들 때마다 열렸다 닫히는
여기에 우주는 항상 뒷모습인 거니
풀을 흔드는 바람으로 널 엮어
글자를 만들었지
매듭이 만든 글자엔 이슬이 내려앉기도 하고
바람이 드나들기도 해
흔들리는 글자들의 머리채
숨은 숲으로 너를 안고 나는 길을 떠나
마디마디로 되돌아오는

말로는 다 말할 수가 없어서 노래해
노래의 숨이 만나는 길의 우주
적막 속에서 다 흩어지도록
사라지는 노래는 뒤로 뒤로 발자국도 없이
말없이 난 너의 전부를 안을 수는 없을까
어둠은 가까이 있을 때의 온도
나의 체온을 나눠줄게 따뜻해지렴
길 위로 오는 별의 눈물이 다 타도록
나는 읽을 수 없는 매듭을 묶고 있을게
머리채의 매듭이 늘어가도 너는
여전히 말하지 않는 문자
들리니. 여기 한 세계가 만들어졌다가
사라질 거야. 그래 떠나
어두워진 일곱째 날의 숨
글자들이 남기지 못한 소리들을 가져가
노래가 끝나면 너의 매듭이 완성될 거야
내게는 항상 둘인 너의 귓가에
풍성한 머리채의 글귀

3
창조의 마지막 날에는 사라진 날이 있었고
그날의 노래가 있었다.

* 잉카의 결승문자를 말한다. 퀴푸는 새끼 꼬기와 같은 방식으로 중심이 되는 굵은 줄에 여러 가닥의 줄을 묶어 만든 문자이다. 현재까지 많은 연구자들이 매달렸지만 결승문자의 의미를 완전히 해독해 내지 못했다고 한다.

창세기 8
—시간의 문

순간이 친근한 것은 시간의 울음 때문
쉼이 입에게 베푸는 한때의 질문
한 번의 숨이 밀어낸 자리에서
시간은 열렸으니 누가 거기
창세의 소리를 겪던 실타래를 풀어
시간에게 날개를 만들어주라
시간의 소리를 넘치게 하라
흘러나오는 것에 귀를 기울이는 문
누가 시간에게 말하게 하는지 알 때
그날에는 문의 앞에 서서
남겨진 문의 너머를 보게 하라
시간을 마주한 얼굴이
일곱이 일곱을 낳고
날짜의 가계를 이루는 문이 되는
여덟이 여덟에게 다른 날을 품게 하는
누구나 모르는 것들을 위하여
시간에 스러지며 저문 것을
일으키고 세우는 자들에게
다시 복된 시간을 위하여 기도하도록
잃어버린 첫날의 울음을 질문하게 하라
그것은 문을 기다리는 자들의 사랑
먼저 지어진 땅들에 씨앗을 뿌리고
거기에서 시간이 길러내는 것이 열매이게 한 자들의

거친 손은 늘 펼쳐진 주름들이었으니
그들이 시간을 만지느라 세계는
늘 하루였고 첫날이었으니
그들의 얼굴과 손길이 기다린 첫날의 곁이었으니
그들이 기다리던 문 너머에서 오는 이정표를 보게 하라
세계의 모든 이정표인 일곱 날의 그녀를 보게 하라
그날은 다른 날. 일곱의 날이 마친 창세에게
안식을 주는 시간을 낳은
창세의 오랜 기다림인
시간의 문 앞에서.

창세기 9

태초에 말씀이 있었다
말씀의 나라 말씀이
문자와 서로 달라서
신을 신이라 쓰지 못하고
그 뜻을 능히 펼치지 못하고
사람들 사이에서 사그라졌다
말씀의 메아리를 들은 사람들이 있었다
그들은 새로 스물여덟 신을 만들어
나무에 묶고 그 앞에서 세계를 본떠 글자를 만들었다
—닮은꼴로 글자를 만드는 능력은
늘 다른 세계를 바라보려는 인간의 것이었다.—
그것을 후에 바벨의 사건이라고 불렀다
그날부터 그들은 신이 말씀이 될 때까지
소리내어서 글을 읽었다
말씀이 신이 되고 드디어 처음
인간의 음성을 들었다
사람들은 축제를 벌였다
말하고자 하는 바가 있어도
끝내는 그 뜻을 펴지 못했던
신의 말씀을 위하여
인간이 준 선물을 위하여
사람들로 하여금 쉽게 익히고
날마다 사용함에 편하게 하여

날마다 쓸지어다
쓰다가 쓰다가 잃어버린 신도 있었다
태초에 말씀을 위하여 만든
글자들이 각각의 태초를 쓰고 지워졌다
거기에는 아직도 들리지 않는 말씀이 있다.

창세기 10
—재와 알레프*

1
신이 있으라 명한 것에 재는 없었으나
그가 이룬 창세의 끝에서 만난 것이
재였다. 그것은 신을 불에서 보았던
인간들이 바친 최초의 선물이었다
—이것은 당신에게서 가져온 것이며
우리가 당신을 기억하는 방식입니다—
신은 인간의 선물을 받고 기뻐하였다
내가 이 재에 부활의 신성함을 주리라
신이 축복했다
기나긴 창세에 지루해진 신은 그대로 괜찮았다
신은 인간 앞에 가만히 놓여 타올랐다
태초부터 신의 것이었던 졸음이 그를 찾아와 그를 눕혔다
재 속에 누워 신은 조용히 사그라들었다
그후로 불은 가끔 고개를 젓거나 끄덕인다
그리고 신의 창세보다 더 긴 인간의 창세가 이어진다
인간은 그것을 창세가 아니라 역사라 불렀으며
—이것은 신이 인간에게 예언하지 않은 최초이자 최후의
예언이니
신이 가장 두려워한 언어의 심판이었다—
오래도록 재를 바쳐온 날들로 이해했다
달라진 것이 있다면 재를 바치는 인간과
재가 되는 인간이 나뉘었을 따름이다

2

신의 축복을 인간이 잊은 때로부터 한참이 지나
재에서 신마저 숭배할 인간의 빛이 태어났다
재가 된 인간이 재에 던져준 빛
조금씩 새어나오는 빛의 온기와 숨
오래 고통받은 자들의 몸짓을 빌려와야
솟아날 수 있던 빛의 고요. 고요의 온도
누가 알까 언어의 심판을 두려워해 만든 계명을
계명에는 없는 구원의 약속을
그것을 불러오는 춤이 있었음을
이미 잊힌 약속을 깨우는 목소리가 고요에 숨어 있음을
그것은 타오르는 숨. 그 숨의 이름인 알레프여
재의 후손이여
인간의 빛이여
그 입김에 머물러서 우리 몸이 입은 문자여
아무 소리 없이 침묵의 체온을 불러오는
너는 고통받는 자의 노래
모든 언어의 첫 구원. 그대만이 알지
신이 갈비뼈로 만든 것은 여자가 아니라
창세의 그와 그녀의 침묵. 진정한 인간의 침묵
처음 신에게 사랑을 가르쳐준 언어의 침실
신이 깃들 수 있도록

신이 따듯해질 수 있도록
   신이 재의 온도를 가질 수 있도록
   신을 재의 노래로 이끄는 입술
   신이 축복한 인간의 선물이여
   우리의 모든 문 우리의 갈비뼈
   아무것도 아닌 것을 감싼 축복의 커튼이여
   보이지 않게 끝없이 불타는 알레프
   모든 시의 뼈가 되는 언어
   언어의 고요인 늘 당신인 그대여
   인간의 계명을 불태울 수 있는 힘이 당신에게 있다고
   신이 말한다─신은 오래전부터
   고요 속에서야 말했으므로 그것은 다만 알레프일 뿐이
나─
   말한다. 노래한다. 숭배한다. 신이 그대를 경외한다
   창세를 되찾으라. 재의 빛이여
   인간이여 고통은 신이 너희에게 선물한 것이 아니다
   신은 너희에게 삶을 주었다. 너희의 계명이 삶을 잊게 했
으니
   삶만이 창세의 것이라. 인간이여
   신이 고요에 맡긴 창세를 되찾으라
   너희가 잊은 창세에 진리가 있나니

   목소리를 잃은

불은 고요 속에서 속삭인다

침묵의 나라여
고요의 나라여
모든 진리의 왕국이여

들리지 않는 자들의 귀에서 타올라라

3
깊은숨을 쉰 자가 재로 걸어들어간다
그는 인간의 계명과 법이 던지는 질문에
대답하지 않은 인간이었다
모든 고통이 그를 인간으로 만들었고
가장 인간적인 것으로 모든 것을 새롭게 하였다
늘 당신이며 늘 여기인
그가 예배한 것은 오직 알레프였다.

* 히브리어에는 음가가 없는 글자가 있다. 이 글자는 발음되지 않는
다. 이 글자의 이름이 알레프이다. 이런 특징을 가진 글자 알레프는
히브리 전통에서 특권적인 위치에 있는 글자라고 한다.

창세기 11
—법인의 탄생

1
창세기의 마지막 장에서 신은 자신을 법에 가두었다
그것은 창세를 마친 신이 자신을 위해 만든 방주였다

창세에 의해 지워진 창세의 기록
그것이 신의 법이었다

법은 가장 높은 곳에 버려졌고
그것은 처음부터 알려지지 않았다
시간이 흐르며 모든 것은 이루어졌다

그리고 인간은 인간의 시대가 왔다고 기록하고 있다

인간이 마을을 만들고 신전을 세운 시대
마을에서 신은 아직 살아 숨쉬는 것이었으나
그 신은 인간을 창조한 신은 아니었다

인간이 황량한 산의 풍화된 바위에서 법을 발견했을 때
거기 신은 없었다

인간의 마을에 법이 옮겨진 후
법은 모든 마을에 퍼져나갔다

2

인간이 법으로 인간을 만들었다는 소문이 퍼졌다
그것은 법인이었다

법인은 법 안에서 살고 자라며
재산을 가지고 가족을 이룬다고 했다
놀라운 점은 법인은 허기를 모르고
법을 먹고 자라는 특별한 힘을 가지고 있다는 것
신이 자신을 본떠 인간을 만들었듯이
그렇게 법인을 만들었다고 했지만
아무도 법인이 인간을 능가하는 이유를 알지는 못했다
가끔 법인은 죽지 않기도 했으며
신처럼 이름을 바꾸어가며 다시 살아나기도 했다
그러나 인간에게 이런 법인의 특성은 자연스러운 것으로
이해되었다

3

신이 법에서 탈출하지 못했다는 것은
아무에게도 알려지지 않았다

법인이 인간을 지배하는 시대를
인간은 아직 인간의 시대라고 기록하고 있다.

해설

존재의 기원과 궁극을 탐침하는 메타적 언어

유성호(문학평론가)

1. 선명한 감각과 심원한 사유의 역동적 이미지

김학중의 첫 시집 『창세』는, 우리 시단에서 좀처럼 만나기
힘든 언어적 스케일과 형식을 갖춘 이색적 결실이다. 이 시
집은 두 가지 점에서 배타적인 개성을 보여준다. 하나는 시
인이 지난 10년간 우리에게 비평사적 화두를 제공해온 이른
바 '미래파'와 같은 세대이면서도 그들로부터 미학적 거리
를 크게 두고 있다는 점이고, 다른 하나는 그동안 한국 현대
시의 주류로 기능해왔던 '단형 시편'의 흐름과도 확연한 차
별성을 가지고 있다는 점이다. 오히려 김학중의 생각과 정
념은 '종교적인 것'에서 발원하고 있고, 그의 시는 지성에
토대를 둔 '장형 시편'으로 다가오고 있다. 물론 김학중은
종교의 모티프나 경험을 취하기는 하지만, 종교 담론으로의
환원이나 구속을 현저하게 비껴가는 해석의 힘을 통해 세속
성과 평면성을 한꺼번에 넘어서고 있다.

또한 김학중은 지성적 파생력에 의한 감각의 전위(轉位)
를 가열하게 이끌어간다. 그의 시는 고요하고 정태적인 상
태를 지향하지 않고, 사유와 경험의 활력을 말의 그것으로
치환해내는 역동적인 세계를 환기해간다. 그리고 다양한 사
물과 관념에 고유의 질감을 부여하려는 창신(創新)의 안목
과, 그것을 언어의 구체적 물질성으로 바꾸어내는 능력을
동시에 보여준다. 그래서 우리는 김학중의 남다른 시적 역
량을 통해, 사물과 언어와 상상력이 만나 빚어내는 역동적

이고 초월적인 이미지들을 숱하게 발견하게 된다. 요컨대 선명한 감각과 심원한 사유를 통해 삶과 사물을 물질적으로 조형함으로써, 그는 역동적 이미지로 자신의 시를 구축해가고 있는 것이다.

그런가 하면 김학중의 시는 소멸해가는 존재자들의 뒷모습을 통해 가장 근원적인 사물들의 존재 방식을 탐침해간다. 이는 또다른 생성을 준비하는 불가피한 과정이기도 한데, 어쩌면 그것은 소멸의 안쪽에서 생성의 기운을 잉태하고 있는 것이기도 할 것이다. 이러한 소멸과 생성의 이중주를 통해 모든 사물은 고립된 단독자(單獨者)가 아니라 서로의 몸에 각인되는 상호 결속의 존재자들로 거듭나게 된다. 김학중은 오랫동안 익숙해져 있던 세속적 평면성을 넘어 낯설고도 굵은 초월적 입체성을 택함으로써 사물들의 상호 공명 과정을 이처럼 뚜렷하게 알아간다. 그는 이렇게 경험적 공간에 대한 격절(隔絶)의 방법론을 핵심으로 하여, 모든 존재자들의 기원과 궁극을 깊이 탐색하고 있는 것이다. 이제 그 세계 안으로 한 걸음씩 들어가보도록 하자.

2. 오랜 시간 속에서 추출해내는 시원(始原)의 상상력

우리는 초월적이고 근원적인 실재보다는 구상적이고 감각적인 표상에 온통 가치를 부여하는 시대를 살아간다. 흔히 '테크노 시대' 혹은 '디지털 시대'로 명명되는 이러한 감각적 기율은 우리의 몸과 마음속에 일상적으로 수시로 내면화되고 있다. 하지만 이러한 시대는 개인의 자기동일성을 순간적으로 무너뜨리면서, 동시에 오랜 시간을 견지해온 견고한 가치들에 대한 혼란도 초래하게 된다. 이때 이러한 가치 균열을 섬세하게 극복할 수 있는 시적 비전(vision)이 요청되는데, 김학중의 시편은 초월적이고 탈(脫)감각적인 비전을 구현하면서 동시에 근원적 시선과 필치를 보여준다는 점에서, 이러한 요청에 대한 실물적 응답이 될 수 있을 것이다. 또한 이러한 면모는 사물의 존재론적 기원(origin)을 추구하는 언어로 이어져가는데, 그래서 김학중의 시는 감각적 실재를 넘어 존재의 기원과 궁극을 상상하려는 욕망을 통해 여느 서정시와의 분기점을 명료하게 드러낸다. 그리고 이러한 시적 비전은, 오랜 시간 속에서 추출해내는 시원(始原)의 상상력으로 차차 번져가게 된다. 다음 시편을 먼저 읽어보자.

1
소리가 쌓여 한 송이 꽃으로 피었다

2
꽃은 얼핏 악기의 모습이지만
고대로부터 소리를 모으는 귀

소리가 모이면
소리의 주름을 접어
꽃잎을 만들고
리듬의 빛깔로 물들이지
꽃까지 달려온 소리들은
날갯짓들이어서
목소리가 없는 꽃은 향기에 날개를 달아본다네
소리의 발에 꽃가루를 묻혀본다네
가만히

3
꽃의 이름을 부르네
꽃은 언어 이전의 소리를 듣는 귀
차별 없이 모든 소리를 듣지만
제 이름을 불러도 모르네
말하지 않고 피는 꽃
아름다움에 이름을 붙일 수 있다면
그게 꽃의 이름일 수 있을까
모르겠네. 꽃 하나의 이름이
온 세계의 언어만큼 있다는 건
꽃이 인간에게 준 선물
혹시 음악을 함께 듣는다면
본명을 알려줄까. 알 수 없지만

나는 꽃의 이름을 노래해보네

꽃은 제 이름을 듣느라
이름이 없네.
　　　　　　　　　　—「선사」 전문

'역사 이전'을 함의하는 선사(先史)는, 여기서 '언어 이전'
으로 은유의 중심을 옮겨간다. 이를테면 '선사'에는 "소리가
쌓여 한 송이 꽃"이 피어난다. 소리의 집적물인 '꽃'은 그래
서인지 "악기의 모습"을 하고 있지만, 오래도록 소리를 모
으고 소리의 주름을 접어 꽃잎을 만들어온 시간을 자신의 몸
에 품고 있다. 그렇게 오래전, '언어 이전'의 소리들이 리듬
처럼 날갯짓처럼 '꽃'으로 변모해간 과정이 펼쳐진다. 이제
우리는 소리의 전신(轉身)인 '꽃'의 이름을 부르면서 "언어
이전"의 소리를 듣는 '귀'를 회복해간다. 그와 동시에 "말
하지 않고 피는 꽃"이 "이름이 없"는 꽃으로 몸을 바꾸어가
는 것을 목도하게 된다. 이는 어쩌면 언어와 사물의 관계에
대한 유비적 차원의 진술일 수도 있고, 언어와 소리의 변별
성에 대한 철학적 차원의 표현일 수도 있을 것이다. 전자의
경우라면 언어는 사물의 본모습에 가닿을 수 없는 엄연한
한계를 가지며, 후자의 경우라면 언어는 "불충족한 소리의
옷"(김광규, 「시론詩論」)이 되는 셈이다. 어쨌든 김학중은
"소리가 봉인된 페이지 너머"(「반도체」)를 바라보면서 "아

130

무 노래도 아니고/ 아무것도 아닌 사물을 만지는 메아리/
아무도 아닌 자의 이름"(「예언자 2」)으로서의 시원의 소리
를 모으고 있는 셈이다. 시원의 소리로 가득한 '선사'를 탐
사하면서 그야말로 "이름이 없"는 세계를 상상해가는 것이
다. 여기서 초월적이고 탈감각적인 비전을 구현하는 김학
중만의 근원적 시선과 필치가 한껏 느껴진다.

　초겨울 밤하늘 오래 올려다보면 우주의 나이테가 보인다

　태초에 신이 나무 몇 그루 베어 우주를 만들었다. 베어
진 나무의 수관에서 터져나온 물빛이 별이 되고 지금도
여기까지 흘러오는 것이리라. 나이테 하나 늘려갈 때마다
그 폭만큼 어둠을 품고 깊어진 나무의 나이를 걸고 신은
우주를 창조했으리라

　목숨이 베어진 자리에서 다시 목숨이 태어나는 숲
　목숨이 자라는 숲

　새들이 이 땅의 나뭇등걸 위를 날듯이 하늘의 나뭇등걸
위를 날아간다
　별들이 추위를 뚫고 이 땅의 나무 잎사귀에 도착한다
　품어온 비밀을 알려주려는 것처럼 작은 원을 그리며 깃
든다

나무들의 우주를 바라보는 곳은
여기만은 아니라고
오래 하늘을 올려다본 눈처럼 깜빡이는 별들

둥글어지는 어둠을 안으며
조금씩 지워지며 자라는
우주의 숲
우주 속의 숲.

　　　　　　　　　　　　　—「우주의 숲」 전문

　생각해보면, 현대의 시인은 '숲'을 따라 혹은 '숲'에서처
럼 시를 창출할 수 없다. 이전의 낭만주의자들은 '숲'을 자
신의 양도할 수 없는 성소(聖所)로 묘사하고 숲의 신비한
소리를 통해 신성(神聖)에 이르기도 했지만, 현대의 시인은
숲 한가운데서도 도시에서의 불가피한 실존을 생각할 수밖
에 없기 때문이다. 이처럼 숭고함으로서의 자연미가 소멸되
어버리고 자연과의 낭만적 교감도 사라져버린 세계에서, 시
인들은 그저 감각적 재생력과 상상력을 통한 환상적 창조물
을 드러낼 수 있을 뿐이다. 그래서 바슐라르(G. Bachelard)
는 "이미지 생성은 인간 존재의 근본적 움직임인 역동적 상
상력에 의해서 이루어진다"라고 말했는지도 모른다. 김학
중의 시편에서 이러한 물질적이고 역동적인 상상력은, 그로
하여금 '숲'에서 새로운 환상적 창조물을 길어올리게끔 하

는 수원(水源)의 역할을 맡고 있다.

위의 시편에서 김학중은 "우주의 숲"을 새로운 환상적 창조물로 부조(浮彫)하면서, 초겨울 밤하늘에서 "우주의 나이테"를 발견해간다. 태초에 신(神)이 말씀으로 세상을 창조하였다는 창세기 기록은, 태초에 신이 나무 몇 그루 베어 우주를 만들었다는 문장으로 바뀐다. 신이 나무를 벨 때 "수관에서 터져나온 물빛이 별이" 되어 지금까지 흘러왔다는 상상은, "어둠을 품고 깊어진 나무의 나이를 걸고" 우주를 창조했던 신의 낭만적 의중을 비유하는 것일 터이다. "오래 하늘을 올려다본 눈처럼 깜빡이는 별들"은, 마치 "가로등을 피해 시골로 내려간 별들"(「행운의 편지」)처럼, "둥글어지는 어둠을 안으며/ 조금씩 지워지며 자라는/ 우주의 숲"에 빛을 뿌리며 깃들이게 된다. 그야말로 "우주 속의 숲"이 마침내 창조된 것이다. 이렇듯 김학중의 상상력에는 "길이 방목해 키우던 그 시절/ 세상 그 어디에라도 달려갈 수 있을 것 같던 그때를/ 회상"(「천적」)하는 시원의 에너지가 가득하다. 그 에너지로 충일한 "우주의 숲"에서 "모든 것은 이루어졌다"(「창세기 11」)는 것이 김학중의 핵심 전언인 셈이다. 이처럼 우리가 김학중의 시편을 통해 얻게 되는 인지적 범위의 확장은, 대상의 실물성을 통해서만이 아니라, 시인 고유의 환기적 추상 능력에서 비롯되는 것이기도 하다. 오랜 시간 속에서 추출해내는 시원의 상상력이 광활하고 아득하고 융융하기 그지없다.

3. '사물의 번역' 그리고 '낡아가는 것'으로서의 예언

　김학중의 첫 시집은 우주와 언어 그리고 실존에 대한 깊
고도 넓은 사유와 감각을 담고 있는 의미 있는 기록이다. 그
안에는 우주, 언어, 실존이 차례대로 시적 대상으로서의 오
롯한 위상을 갖추고 있다. 광활한 스케일의 우주적 상상력,
언어에 대한 치열한 메타적 자의식, 그리고 구체적 실존에
서 느끼는 깨달음의 경험들이 아름다운 형상으로 들어차 있
는 것이다. 하지만 시인은 이러한 경험들이 존재와 분리되
지 않고, 때로는 공존하고 때로는 결합하면서 세계를 구성
해간다고 믿는다. 따라서 인간은 우주나 언어와 분리된 주
체가 아니라 우주나 언어를 뿌리이자 자양으로 삼고 있고,
우주나 언어는 인간이 욕망을 채우기 위해 개발하는 대상이
아니라 그 자체로서 존중되어야 할 주체라는 점이 거듭 강
조되어 나타난다. 우주와 언어를 전유해가는 인간의 상상적
소통이 스스럼없이 가능한 것도 이러한 시인의 생각이 반영
된 결과일 것이다. 그리고 그 소통 과정은 '예언'이라는 독
자적인 비유의 형식을 입게 된다.

　　길 위에 놓인 돌
　　차일 때마다 기억은 부서지고
　　빛과 어둠의 경계를 건너는 소리는, 먼
　　그의 눈을 두드려 눈동자가 까마득하게

흔들리는

북이 울리는 곳

먼눈의 안에서 열어보는
밖의 세계

발길에 채이는 그는
돌에게 미래를 들었다
손에 돌을 쥐고
두드리는 허공
누가 듣기는 했을까
누구에게도 건네지 못하는 예언
바람이 세계에 갇힌 채 어두워지는
시간의 한 귀퉁이

읽을 수 있는 것은 예언이 아니려니

시간이 죽음을 배웠다는 것은
돌이 밝힌 비밀
눈이 어둠을 볼 수 있다는 건
먼눈이 밝힌 비밀

손끝으로 읽는
눈들은 어디로 우는 걸까
손가락들이 돌을 두드린다
작은 소리를 낸다
눈이 입을 낸다
그 입에서 소리가 흘러내린다
소리의 발이
사물의 번역자가 되는 밤
길에 놓인 그의 몸안에
돌의 고요가 발자국을 낸다.

—「예언자 3」 전문

'예언자(prophet)'란 미리 앞일을 말하는 사람으로서, 신의 말씀을 받아 전하는 자라는 의미를 가진다. 여기서 중요한 것은 예언자는 자신의 생각을 말하지 않고 밖으로부터 온 계시(啓示)를 말한다는 데 있다. 가령 이들은 "신비롭던 세계를 기억"하면서 "아기의 눈 속에서 부서져 있던 세계"를 증언함으로써 "남기지 않는 비명"(이상 「예언자 1」)을 예언으로 남기는 이들이다. 시인은 "빛과 어둠의 경계를 건너는 소리"를 통해 그 신비로운 기억에 가닿으려는 '예언'의 과정을 포착한다. 어느새 예언자는 "누구에게도 건네지 못하는 예언"을 향해 나아간다. "읽을 수 있는 것은 예언이 아니"라는 강한 확신 아래 예언자는 "시간이 죽음을 배웠다는 것은/ 돌이 밝힌 비밀"임을 알아간다. 그리고 우리는 원초적 소리의 계시가 결국 "사물의 번역"으로서의 예언임에 상도(想到)할 때, "길에 놓인 그의 몸안에/ 돌의 고요"가 비로소 발자국을 내기 시작하는 소리를 듣게 된다. 김학중은 "소리들의 결빙은 점점 언 강의 무늬를 닮아"(「강변 주차장」)가고, 그 물결이 "파문이 감고 있는 눈을 만지고"(「괴물」) 가는 순간을 섬세하게 붙들면서, "쓰이고 지워진 것의 경계들이 남긴 물결"(「창세기 3」)을 상상해간다. 이때 '예언'은 "시간의 한 귀퉁이"를 따라 "사물의 번역"이라는 작업으로 변모하기도 하지만, 김학중의 시편에서 때로는 동시대의 매우 구체적인 타자의 형상으로 나아가기도 한다. 다음 시편을 읽어보자.

임시 승강장 끝자락
한 노인이 쭈그려 손톱을 깎고 있다
무심하게 먹구름 끼는 하늘
햇빛은 흰 지팡이. 툭툭
몇 군데 짚어보다
노인의 이마 위에서 바늘 되어
주름 한 올 한 올 뜨개질한다
장난스러운 손놀림으로 지은 뜨개는, 꼭
역을 닮았다. 순간 역의 양쪽으로
열차들이 들어왔다 나간다

엉망진창으로 역을 꿰매놓은 발자국들
사이로 노인은 사라졌다 .
가만히 있어 좀체 변하지 않는 것들
참 오랫동안 낡고 낡았다. 깎인 손톱처럼
하루가 가고 있다. 가는 빗낱들이
주름으로 지어진 역을 적시고 채색한다
또다른 열차가 도착하고
역 위로 헝클어지는 발자국들이
슬그머니, 역 이름을 적어놓고 갔다.
　　　　　　　　　　　—「임시 승강장」 전문

"임시 승강장 끝자락"은, 쭈그려 앉은 "한 노인"의 모습처
럼, 가파르고 외롭고 고단한 변방의 삶을 은유한다. 노인이
쭈그려 앉아 손톱을 깎고 있는 이곳의 '하늘'은 무심하게 먹
구름이 껴 있고, 이곳의 '햇빛'은 노인의 이마 위에서 바늘이
되어 주름을 뜨개질하고 있다. 승강장이 있는 역(驛)을 꿰
매놓은 발자국들 사이로 사라져간 '주름'의 노인은, "가만히
있어 좀체 변하지 않는 것들"이나 "참 오랫동안 낡고" 있는
것들을 표상한다. 이렇게 낡아감으로써 비로소 존재 증명에
이르는 형식을 통해 김학중은 "주름으로 지어진 역"에서 '임
시 예언자'가 된다. "모든 것이 외야에 있는"(「홈 스틸」) 세
계에서 천천히 소멸해가는 것들을 포착하고 옹호해간다. 말
하자면 "사라지는 것이 권능임"(「요셉의 서」)을 그는 노래

하는 것이고, "소멸한 문자로/ 남겨진 날과 사라진 날을 엮은 노래"(「창세기 7」)를 불러보는 것이다. 그렇게 '낡아가는 것'은, 그 자체로 역설적 '예언'의 형식이 된다.

오랜 기억을 재현하고 그 기억을 항구화하려는 것이, 시가 그동안 감당해온 보편적 욕망임은 그동안 널리 인정되어왔다. 이처럼 한 영혼의 깊은 기억을 기록해온 양식으로서의 '시'는, 우리 삶이 이성적 파악과 실천에 의해 일관되게 진행되는 것이 아니라 이성이 그어놓은 표지(標識)들을 위반하고 넘어서면서 새로운 질서를 재구축하는 과정임을 승인하려는 욕망으로 가득차 있다. 물론 시에 대한 이러한 해석을 급진적 해체 정신으로까지 오도할 필요는 없을 것이다. 오히려 그것은 잃어버린 시의 위의(威儀)를 회복하려는 고전적 열망과 깊이 닿아 있는 어떤 것일 뿐이다. 특별히 우리 시대의 시인들은, 우리가 상실한 중요한 삶의 지표들을 복원함으로써 한 시대의 불모성에 대한 항체 역할을 자임하고 있지 않은가. 김학중의 첫 시집은 이러한 시의 항체 역할을 독자적 목소리로 생생하게 담고 있는 개성적 결실이라 할 수 있을 것이다. 그는 삶의 주변부에서 살아가는 이들의 이야기를 뼈대로 삼으면서, 거기에 자신만의 따뜻한 연대(連帶)의 감각을 얹어 노래해간다. 그의 '예언'이 추상적이지 않고, 어둑한 현실에 맞서면서도 깊은 사랑의 시선을 보여줄 수 있는 것도 바로 이 때문일 것이다.

4. '시간' 형식으로서의 존재론적 기원과 궁극

근본적으로 시는 시간에 대한 회상적 경험 형식으로 씌어진다. 그것이 미래에 대한 밝은 전망을 형상화한 것이거나, 시간 자체를 초월하는 영원성에 관한 시편일지라도, 그것은 그 자체로 '시간'에 대한 독자적인 해석과 판단일 수밖에 없을 것이다. 그만큼 시는 시간 경험의 순간적 재구성이라는 특성을 일관되게 지닌다. 물론 이때의 '순간'이란 일회적 시간이 아니라, '충만한 현재형'으로서의 축적된 시간을 말한다. 말하자면 시의 순간은 '과거-현재-미래'를 하나로 통합한 '충만한 현재형'으로서의 집중된 시간 형식이다. 그래서 시적 순간은 오랜 시간이 반복되고 축적된 형식으로서의 순간이 된다. 김학중은 이러한 시적 순간을 통해 오랜 시간의 깊이를 응시하고 성찰해간다. 그 점에서 그는 현실에 매달리지 않고 오히려 물리적 현실을 후경(後景)으로 물리면서 가장 근원적인 존재의 시공간을 탐사하는 장인(匠人)의 면모를 보여준다. 그럼으로써 존재의 기원과 궁극에 휜칠하게 가닿는 것이다.

둘이 기원이었다
혼자인 것들의 기원
몸의 혈액인 기원
손이 손가락을 낳고

얼굴이 눈과 코와 입을 낳고
귀를 낳고
나의 해골인 너를 위하여
너의 피부인 나를 위하여

아무것도 아닌 것을 보고
아무것도 아닌 것을 듣고
아무것도 아닌 것을 맛보고
아무것도 아닌 것을 혼자 돌려주고

돌아오는 고요는 그냥 고요가 아니나니
세계를 향해 손을 뻗어
만나서 울지 않는 마주함
둘이 맞잡은 고요가 있다

마른 돌 위로 흐르기 시작한
첫 강물을 아직
강물이라 말할 수 없는 것처럼
둘이 고요였다

—「창세기 1」전문

  김학중이 공들여 쓴 '창세기' 연작은, 그야말로 광대한 스
케일과 돌올한 메타적 언어로 이루어놓은 종교적 상상력의

성채가 아닐 수 없다. 여기서 시인은 존재의 기원을 "둘"이라고 말한다. 그렇다면 "혼자인 것들의 기원" 혹은 "몸의 혈액인 기원"은 원래 둘이 아니었던가. 가령 '손'과 '손가락' 그리고 '얼굴'과 '눈 코 입 귀'의 관계처럼, "나의 해골인 너"나 "너의 피부인 나" 또한 "둘"로부터 파생되어 나온 것일 터이다. 이제 혼자가 된 모든 존재자들은 "아무것도 아닌 것"을 보고 듣고 맛보고 돌려주는 시간을 경험함으로써, "둘이 맞잡은 고요"가 존재의 기원임을 깨달아간다. 그런데 여기서 "둘"이 고요한 기원이라는 것은 무슨 함의일까? 김학중은 비록 '시'가 시인 자신의 개인적 발화로 이루어지는 언어 예술이지만, 시적 발화가 단순한 독백으로 현상하는 것이 아니라 일종의 대화적 소통임을 욕망하는 시인이다. 일찍이 하이데거(M. Heidegger)는 본질의 언어란 존재의 진리를 나타내는 언어이며 그것은 대화 형식을 통해 가능하다고 했는데, 김학중의 시는 대화 과정을 통해 '존재 그 자체'에 가닿으려는 상상적 기록이기를 멈추지 않는다. 그래서 시인은 지극한 고요 속에서 "단단한 소원들을 혼자서만 기록하고"(「동전 분수대」) 있는 것이다. "어느 날 창조되었는지 알 수 없는 시간"(「시간의 필사자」)을 기록해가면서 혼자로서의 "긴 여행은 시작"(「저니맨」)되었던 것이다.

　　순간이 친근한 것은 시간의 울음 때문
　　셈이 입에게 베푸는 한때의 질문

한 번의 숨이 밀어낸 자리에서
시간은 열렸으니 누가 거기
창세의 소리를 견딘 실타래를 풀어
시간에게 날개를 만들어주라
시간의 소리를 넘치게 하라
흘러나오는 것에 귀를 기울이는 문
누가 시간에게 말하게 하는지 알 때
그날에는 문의 앞에 서서
남겨진 문의 너머를 보게 하라
시간을 마주한 얼굴이
일곱이 일곱을 낳고
날짜의 가계를 이루는 문이 되는
여덟이 여덟에게 다른 날을 품게 하는
누구나 모르는 것들을 위하여
시간에 스러지며 저문 것을
일으키고 세우는 자들에게
다시 복된 시간을 위하여 기도하도록
잃어버린 첫날의 울음을 질문하게 하라
그것은 문을 기다리는 자들의 사랑
먼저 지어진 땅들에 씨앗을 뿌리고
거기에서 시간이 길러내는 것이 열매이게 한 자들의
거친 손은 늘 펼쳐진 주름들이었으니
그들이 시간을 만지느라 세계는

늘 하루였고 첫날이었으니
그들의 얼굴과 손길이 기다린 첫날의 곁이었으니
그들이 기다리던 문 너머에서 오는 이정표를 보게 하라
세계의 모든 이정표인 일곱 날의 그녀를 보게 하라
그날은 다른 날. 일곱의 날이 마친 창세에게
안식을 주는 시간을 낳은
창세의 오랜 기다림인
시간의 문 앞에서.

                             —「창세기 8」 전문

  '시간의 문'을 열고 들어가려는 시인의 열망은 '시간' 형식으로서의 기원과 궁극에 대한 집착과 소망을 재차 함의한다. 이는 그것이 "창세의 오랜 기다림인/ 시간의 문"이기 때문이다. "시간의 울음"과 "창세의 소리"를 견뎌오는 동안 시인은 시간에게 날개를 주고 시간의 소리를 넘치게 하는 '문의 너머'를 바라보려고 한다. 그렇게 "시간을 마주한 얼굴"이 "시간에 스러지며 저문 것을/ 일으키고 세우는 자들에게/ 다시 복된 시간을 위하여 기도"하도록 해준 것이다. 말하자면 "문을 기다리는 자들의 사랑"으로 "창세의 오랜 기다림인/ 시간의 문"을 연 것이다. 비유컨대 김학중의 시는 "시간의 문" 앞에서 "모든 시의 뼈가 되는 언어"(「창세기 10」)를 채집한 결실이라고 할 수 있을 것이다. 그렇게 그의 시는 "창세의 오랜 기다림"을 품고 있는 역동적 열망의 기록인 셈이다.

우리가 잘 알듯이, '시간'이란 우리 삶 속에서 하나의 흐름으로 경험된다. 그래서 우리는 시간을 물리적 실재가 아닌 사후적(事後的) 이미지로 인지할 수 있을 뿐이고, 시간은 사람마다 전혀 다른 경험 속에서 재구성될 수밖에 없는 것이다. 이처럼 시와 시간은 불가피한 짝이고, 서로 분리할 수 없는 원질(原質)이 아닐 수 없다. 김학중은 이러한 '시간' 형식으로서의 존재론적 기원과 궁극을 탐침해가는 놀라운 상상력의 시인이다. '창세기' 연작은 그러한 상상력에 빚진 창의적 결실이다.

5. 궁극적 관심의 형이상학

이번 첫 시집은 김학중 시인이 존재론적 귀속성을 가지는 어떤 초월적이고 근원적인 시간성에 대한 열망과 애정으로 가득하다. 일반적으로 시가 현재성에 대한 강렬한 지향을 노래할 때조차 지난 시간을 표현한다는 점에서, 김학중의 첫 시집은 이러한 시의 근원 지향성에 매우 충실한 성과라고 할 수 있을 것이다. 아닌 게 아니라 김학중은 일관되게 종교 텍스트를 변형하며 시를 씀으로써, 존재의 기원과 궁극을 상상하는 이채로운 시인으로 우리 시단에 새롭게 등장하게 되었다. 그만큼 그의 시편은 인간 존재의 기원을 천착하는 모습을 취하면서, 오랜 시간 쌓아온 존재의 궁극적 원형들을 담아내고 있다. 우리가 시를 읽고 쓰는 것이 현실에 참여하는 일일 뿐만 아니라 자신의 기원과 궁극을 탐침하는 데 의미가 있다는 점을 인지적으로 드러내준 것이다.

우리가 천천히 읽어온 것처럼, 김학중의 첫 시집은 우주론적 스케일과 신성 탐색의 지향을 함께함으로써 자신의 존재값에 대해 심원한 사유를 펼치고 나아가 삶의 의미를 묻고 따지려는 실존적 지향을 첨예하게 보여주었다. 그것은 자신의 오랜 기원을 향해 구심적 응축을 하다가, 다시 궁극적 지향으로 원심적 확장을 해가는 회로를 필연적으로 가진다. 이때 그 매개가 되는 것이 바로 김학중만의 '궁극적 관심(ultimate concern)'일 것이다. 사실 이러한 간단없는 지속적 성찰은 인간의 자기 탐구와 결별할 수 없을 것이고, 시인의 깊은 사유와 감각을 떠나서는 성립할 수 없는 것이다. 김학중은 바로 이러한 사유와 감각에 토대를 두고 세계를 해석하고 변형하고 판단해간다. 그리고 그것이 자신을 포함한 인간에 관심을 투사(投射)하는 일임을 실천해간다. 이는 존재의 기원과 궁극을 탐침하는 메타적 언어가, 우리 시단에 유례가 없는 시적 의제(agenda)를 던지는 순간이 아닐 수 없을 것이다. 그 과정에서 김학중만이 노래하고, 또 노래할 수 있는 궁극적 관심의 형이상학이 아름답게 구현되고 있는 것이다. 이제 우리는 이러한 메타적 지향을 넘어, 김학중이 더욱 삶의 편폭을 넓혀가면서 두번째 시집으로 건너가

146

리라 믿고 또 소망해본다. 그때 가장 깊고 은은하고도 심원
한 '창세'의 구체가 펼쳐지게 될 것이다.

김학중 1977년 서울에서 태어났다. 경희대 국문과 박사과정을 수료했다. 2009년『문학사상』을 통해 등단했다.

문학동네시인선 093
창세
ⓒ 김학중 2017

1판 1쇄 2017년 4월 30일
1판 3쇄 2022년 8월 31일

지은이 | 김학중
책임편집 | 김민정
편집 | 김필균 도한나
디자인 | 수류산방(樹流山房) 본문 디자인 | 유현아
마케팅 | 정민호 이숙재 박치우 한민아 이민경 안남영 김수현 정경주
브랜딩 | 함유지 함근아 김희숙 박민재 박진희 정승민
제작 | 강신은 김동욱 임현식
제작처 | 영신사

펴낸곳 | (주)문학동네
펴낸이 | 김소영
출판등록 | 1993년 10월 22일 제2003-000045호
주소 | 10881 경기도 파주시 회동길 210
전자우편 | editor@munhak.com
대표전화 | 031) 955-8888 팩스 | 031) 955-8855
문의전화 | 031) 955-3578(마케팅), 031) 955-2678(편집)
문학동네카페 | http://cafe.naver.com/mhdn
인스타그램 | @munhakdongne 트위터 | @munhakdongne
북클럽문학동네 | http://bookclubmunhak.com

ISBN 978-89-546-4522-5 03810

www.munhak.com

문학동네